人生如梦

我投入的却是真情

顿觉眼前生意满,须知世上苦人多。
宋儒是人道主义者未可厚非
　　　　——汪曾祺,丙子冬书

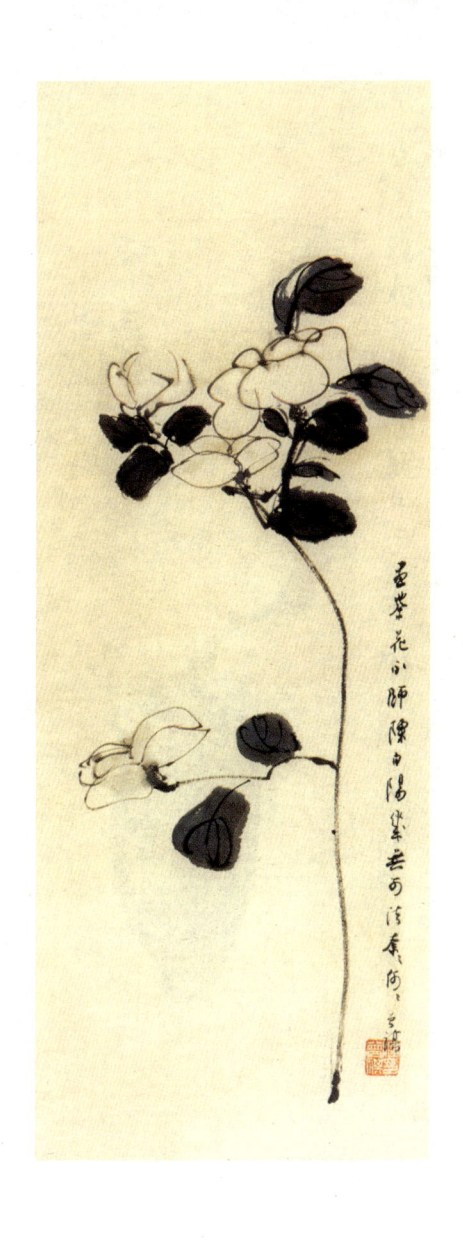

枝头残菊开还好,留得秋光过小年
——《自得其乐》一九九二年

山家除夕无他事，插了梅花便过年
——《岁朝清供》一九九二年

为杨扬画其外公园中蝴蝶花
————曾祺丁丑

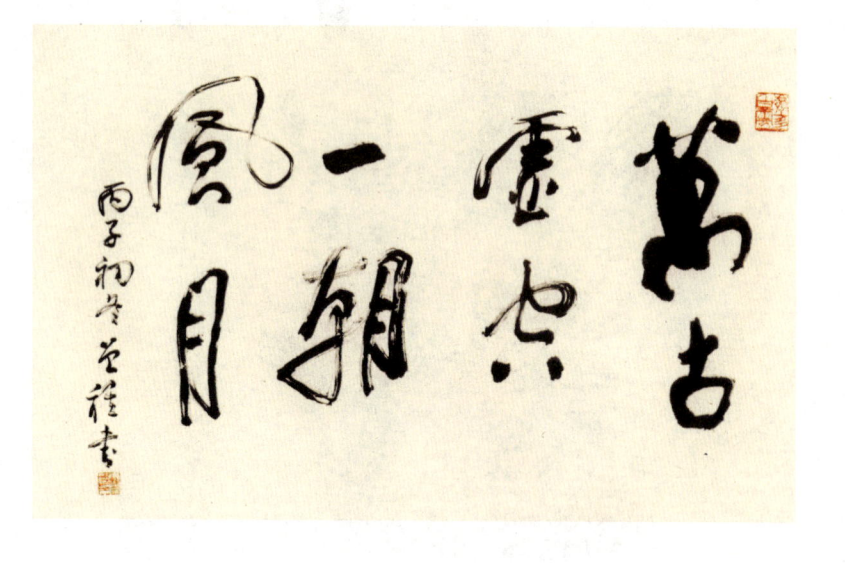

万古长空，一朝风月
——丙子初冬，曾祺书

荷花开了，露出嫩黄的小莲蓬，
很多很多花蕊，清香清香的。
荷花好像说："我开了。"

——《花》

金背大红，十丈珠帘，鸳毛，狮子头
——一九八三年四月，汪曾祺写菊

一定要，爱着点什么

汪曾祺 —— 著

百花洲文艺出版社

目录

第一章
只记花开不记年

花园 | 我童年的乐园 002

花 | 思念是蓝色的 014

昆明的雨 | 浊酒一杯天过午，木香花湿雨沉沉 022

昆明的花 | 风和日暖，人在花中，不辨为人为花 027

生机 | 这几片绿叶，使我获得一点生活的勇气 035

北京的秋花 | 沿街的爬山虎红了，北京的秋意浓了 039

颜色的世界 | 这世界充满了颜色 045

泰山拾零 | 记小事，留鸿印 048

淡淡秋光 | 凝聚着我们对时序的感情 059

草木虫鱼鸟兽 | 美，多少要包含一点偶然 066

第二章
我爱这暂时的永久

礼拜天的早晨｜一点孤独的苦味甜蜜地泛上来 074
道具树｜我爱这暂时的永久 083
无事此静坐｜静思往事，如在目底 087
随遇而安｜人活着，总得做一点事 090
观音寺｜马上相逢无纸笔，凭君传语报平安 102
岁朝清供｜山家除夕无他事，插了梅花便过年 108
书画自娱｜人活着，就得有点兴致 111
理发师｜人不可以太倔强 114
闹市闲民｜用孩子一样天真的眼睛看世界 120
美国女生｜愿上帝保护美国女生 123
七载云烟｜昆明七载成何事，一束光阴付苦茶 127

第三章

世界先爱了我，我不能不爱它

自序·我的世界 | 外面的世界很精彩，我的世界很平常 144
我的家 | 每年除夕，要在这方桌上吃一顿团圆饭 147
我的父亲 | 他总是活得很有兴致 161
我的母亲 | 每看到秋海棠，总要想起我的母亲 170
我的祖父祖母 | 孺人不忧米盐，乃劳苦若不谋夕 176
多年父子成兄弟 | 作为一个父亲，应该尽量保持一点童心 186
冬天 | 家人闲坐，灯火可亲 191
我的小学 | 愿少年，乘风破浪 195
新校舍 | 斯是陋室，惟吾德馨 207
西南联大中文系 | 我要不是读了西南联大，也许不会成为一个作家 217

第四章
美丽总是使人哀愁的

人之所以为人 | 人总要有点东西,活着才有意义 224

要有益于世道人心 | 把生活中美好的东西告诉别人 231

沈从文的寂寞 | 我的生活和思想皆从寂寞中来 233

星斗其文,赤子其人 | 用含情的微笑看这世界的一切 251

美——生命 | 美丽总是使人哀愁的 264

《晚饭花集》自序 | 我觉得有点寂寞,白菊花茶一样的寂寞 271

谈风格 | 一个人的风格和他的气质有关 278

金岳霖先生 | 一位为人天真、热爱生活的大哲学家 288

闻一多先生上课 | 听这样的课,穿一座城,也值得 294

文化的异国 | 西方人对中国的审美、艺术、文学等不能感同身受 297

第一章

只记花开不记年

你在花里,如花在风中。
那一年,花开得很迟,还好,有你。

花 园

茱萸小集二

在任何情形之下,那座小花园是我们家最亮的地方。虽然它的动人处不是,至少不仅在于这点。

每当家像一个概念一样浮现于我的记忆之上,它的颜色是深沉的。

祖父年轻时建造的几进,是灰青色与褐色的。我自小养育于这种安定与寂寞里。报春花开放在这种背景前是好的。它不至被晒得那么多粉。固然报春花在我们那儿很少见,也许没有,不像昆明。

曾祖留下的则几乎是黑色的,一种类似眼圈上的黑色(不要说它是青的),里面充满了影子。这些影子足以使供在神龛前的花消失。晚间点上灯，我们常觉那些布灰布漆的大柱子一直伸拔到无穷高处。神堂屋里总挂一只鸟笼，我相信即是现在也挂一只的。那只青裆子永远眯着眼假寐（我想它做个哲学家，似乎身子太小了）。只有巳时将尽，它唱一会儿，洗个澡，抖下一团小雾在伸展到廊内片刻的夕阳光影里。

一下雨，什么颜色都郁起来，屋顶，墙，壁上花纸的图案，甚至鸽子：铁青子，瓦灰，点子，霞白。宝石眼的好处这时才显出来。于是我们，等斑鸠叫单声，在我们那个园里叫。等着一棵榆梅稍经一触，落下碎碎的瓣子，等着重新着色后的草。

我的脸上若有从童年带来的红色，它的来源是那座花园。

我的记忆有菖蒲的味道。然而我们的园里可没有菖蒲呵？它是哪儿来的，是哪些草？这是一个无法解决的问题。但是我此刻把它们没有理由地纠在一起。

"巴根草，绿茵茵，唱个唱，把狗听。"每个小孩子都这么唱过吧。有时什么也不做，我躺着，用手指绕住它的根，用一种不露锋芒的力量拉，听顽强的根胡一处一处断。这种声音只有拔草的人自己才能听得。当然我嘴里是含着一根草了。草根的甜味和它的似有若无的水红色是一种自然的巧合。

草被压倒了。有时我的头动一动，倒下的草又慢慢站起来。我静静地注视它,很久很久,看它的努力快要成功时,又把头枕上去,嘴里叫一声"嗯"!有时,不在意,怜惜它的苦心,就算了。这种性格呀!那些草有时会吓我一跳的,它在我的耳根伸起腰来了,当我看天上的云。

我的鞋底是滑的,草磨得它发了光。

莫碰臭芝麻,沾惹一身,嘻,难闻死人。沾上身子,不要用手指去拈。用刷子刷。这种籽儿有带钩儿的毛,讨嫌死了。至今我不能忘记它:因为我急于要捉住那个"都溜"(一种蝉,叫得最好听)。我举着我的网,蹑手蹑脚,抄近路过去,循它的声音找着时,拍,得了。可是回去,我一身都是那种臭玩意。想想我捉过多少"都溜"!

我觉得虎耳草有一种腥味。

紫苏叶子上的红色呵,暑假快过去了。

那棵大垂柳上常常有天牛,一个、两个的时候更多。它们总像有一桩事情要做,六只脚不停地运动;有时停下来,那动着的便是两根有节的触须了。我们以为天牛触须有一节它就有一岁。捉天牛用手,不是如何困难工作,即使它在树枝上转来转去,你等一个合适地点动手。常把脖子弄累了,但是失望的时候很少。这小小生物完全如一个有教养惜身份的绅士,行动从容不迫,虽有翅膀可从不想到飞;即是飞,也不远。一捉住，它便吱吱扭扭地叫，表示不同意，然而行为依然是温文尔雅的。黑地白斑的天牛最多，也有极瑰丽颜色的。有一种还似乎带点玫瑰香味。天牛的玩法是用线扣在脖子上看它走。令人想起……不说也好。

蟋蟀已经变成大人玩意了。但是大人的兴趣在斗，而我们对于捉蟋蟀的兴趣恐怕要更大些。我看过一本秋虫谱，上面除了苏东坡、米南宫，还有许多济颠和尚说的话，都神乎其神的不大好懂。捉到一个蟋蟀，我不能看出它颈子上的细毛是瓦青还是朱砂，它的牙是米牙还是菜牙，但我仍然是那么欢喜。听，哪里？这儿是的，这儿了！用草掏，手扒，水灌，嚯，蹦出来了。顾不得螺螺藤拉了手，扑，追着扑。有时正在外面玩得很好，忽然想起我的蟋蟀还没喂呐，于是赶紧回家。我每吃一个梨，一段藕，吃石榴吃菱，都要分给它一点。正吃着晚饭，我的蟋蟀叫了。我会举着筷子听半天，听完了对父亲笑笑，得意极了。一捉蟋蟀，那就整个园子都得翻个身。我最怕翻出那种软软的鼻涕虫。可是堂弟有的是办法，撒一点盐，立刻它就化成一摊水了。

有的蝉不会叫，我们称之为哑巴。捉到哑巴比捉到"红娘"更坏。但哑巴也有一种玩法。用两个马齿苋的瓣子套起它的眼睛，那是刚刚合适的，仿佛马齿苋的瓣子天生就为了这种用处才长成那么个小口袋样子，一放手，哑巴就一直向上飞，决不偏斜转弯。

蜻蜓一个个选定地方息下，天就快晚了。有一种通身铁色的蜻蜓，翅膀较窄，称"鬼蜻蜓"。看它款款地飞在墙角花荫，不知什么道理，心里有一种说不出来的难过。

好些年看不到土蜂了。这种蠢头蠢脑的家伙，我觉得它也在花朵上把屁股撅来撅去的，有点不配，因此常常愚弄它。土蜂是在泥地上掘洞当作窠的。看它从洞里把个有绒毛的小脑袋钻出来（那神气像个东张西望的近视眼），嗡，飞出去了，我便用一点点湿泥把那个洞封好，在原来的旁边给它重掘一个，等着。一会儿，它拖着肚子回来了，找呀找，找到我掘的那个洞，钻进去，看看，不对，于是在四近大找一气。我会看着它那副急样笑个半天。或者，干脆看它进了洞，用一根树枝塞起来，看它从别处开了洞再出来。好容易，可重见天日了，它老先生于是坐在新大门旁边息息，吹吹风。神情中似乎是生了一点气，因为到这时已一声不响了。

祖母叫我们不要玩螳螂，说是它吃了土谷蛇的脑子，肚里会生出一种铁线蛇，缠到马脚脚就断，什么东西一穿就过去了，穿到皮肉里怎么办？

它的眼睛如金甲虫，飞在花丛里五月的夜。

故乡的鸟呵。

我每天醒在鸟声里。我从梦里就听到鸟叫，直到我醒来。我听得出几种极熟悉的叫声，那是每天都叫的，似乎每天都在那个固定的枝头。

有时一只鸟冒冒失失飞进那个花厅里，于是大家赶紧关门，关窗子，吆喝，拍手，用书扔，竹竿打，甚至把自己帽子向空中摔去。可怜的东西这一来完全没了主意，只是横冲直撞地乱飞，碰在玻璃上，弄得一身蜘蛛网，最后大概都是从两椽之间空隙脱走。

园子里时时晒米粉，晒灶饭，晒碗儿糕。怕鸟来吃，都放一片红纸。为了这个警告，鸟儿照例就不来。我有时把红纸拿掉让它们大吃一阵，到觉得它们太不知足时，便大喝一声赶去。

我为一只鸟哭过一次。那是一只麻雀或是癞花。也不知从什么人处得来的，欢喜得了不得，把父亲不用的细篾笼子挑出一个最好的来给它住，配一个最好的雀碗，在插架上放了一个荸荠，安了两根风藤跳棍，整整忙了一半天。第二天起得格外早，把它挂在紫藤架下。正是花开的时候，我想那是全园最好的地方了。一切弄得妥妥当当后，独自还欣赏了好半天，我上学去了。一放学，急急回来，带着书便去看我的鸟。笼子掉在地下，碎了，雀碗里还有半碗水。"我的鸟，我的鸟呐！"父亲正在给碧桃花接枝，听见我的声音，忙走过来,把笼子拿起来看看,说"你挂得太低了,鸟在大伯的玳瑁猫肚子里了"。哇的一声,我哭了。父亲推着我的头回去,一面说"不害羞,这么大人了"。

有一年,园里忽然来了许多夜哇子。这是一种鹭鸶属的鸟,灰白色,据说它们头上那根毛能破天风。所以有那么一种名,大概是因为它的叫声如此吧。故乡古话说这种鸟常带来幸运。我见它们吃吃喳喳做窠了,我去告诉祖母,祖母去看了看,没有说什么话。我想起它们来了,也有一天会像来了一样又去了的。我尽想,从来处来,到去处去,一路走,一路望着祖母的脸。

园里什么花开了,常常是我第一个发现。祖母的佛堂里那个铜瓶里的花常常是我换新。对于这个孝心的报酬是需掐花供奉时总让我去。父亲一醒来,一股香气透进帐子,知道桂花开了,他常是坐起来,抽支烟,看着花,很深远地想着什么。冬天,下雪的冬天,一早上,家里谁也还没有起来,我常去园里摘一些冰心腊梅的朵子,再掺着鲜红的天竺果,用花丝穿成几柄,清水养在白瓷碟子里放在妈(我的第一个继母)和二伯母妆台上,再去上学。我穿花时,服侍我的女佣人小莲子,常拿着掸子在旁边看,她头上也常戴着我的花。

我们那里有这么个风俗,谁拿着掐来的花在街上走,是可以抢的，表姐姐们每带了花回去，必是坐车。她们一来，都得上园里看看，有什么花开得正好，有时竟是特地为花来的。掐花的自然又是我。我乐于干这项差事。爬在海棠树上，梅树上，碧桃树上，丁香树上，听她们在下面说"这枝，唉，这枝这枝，再过来一点，弯过去的，喏，唉，对了对了！"冒一点险，用一点力，总给办到。有时我也贡献一点意见，以为某枝已经盛开，不两天就全落在台布上了；某枝花虽不多，样子却好。有时我陪花跟她们一道回去，路上看见有人看过这些花一眼，心里非常高兴。碰到熟人同学，路上也会分一点给她们。

想起绣球花，必连带想起一双白缎子绣花的小拖鞋，这是一个小姑姑房中的东西。那时候我们在一处玩，从来只叫名字，不叫姑姑。只有时写字条时如此称呼，而且写到这两个字时心里颇有种近于滑稽的感觉。我轻轻揭开门帘，她自己若是不在，我便看到这两样东西了。太阳照进来，令人明白感觉到花在吸着水，仿佛自己真分享到吸水的快乐。我可以坐在她常坐的椅子上，随便找一本书看看，找一张纸写点什么，或有心无意地画一个枕头花样，把一切再恢复原来样子不留什么痕迹，又自去了。但她大都能发觉谁来过了。到第二天碰到，必指着手说："还当我不知道呢。你在我绷子上戳了两针,我要拆下重来了!"那自然是吓人的话。那些绣球花,我差不多看见它们一点一点的开,在我看书做事时,它会无声地落两片在花梨木桌上。绣球花可由人工着色。在瓶里加一点颜色,它便会吸到花瓣里。除了大红的之外,别种颜色看上去都极自然。我们常骗人说是新得的异种。这只是一种游戏,姑姑房里常供的仍是白的。为什么我把花跟拖鞋画在一起呢?真不可解。——姑姑已经嫁了,听说日子极不如意。绣球快开花了,昆明渐渐暖起来。

花园里旧有一间花房,由一个花匠管理。那个花匠仿佛姓夏。关于他的机灵促狭,和女人方面的恩怨,有些故事常为旧日佣仆谈起,但我只看到他常来要钱,样子十分狼狈,局局促促,躲避人的眼睛,尤其是说他的故事的人的。花匠离去后,花房也跟着改造,园内房屋而拆掉了。那时我认识的花极少,只记得黄昏时,夹竹桃特别红,我忽然又害怕起来,急急走回去。

我爱逗弄含羞草。触遍所有叶子,看都合起来了,我自低头看我的书,偷眼瞧它一片片地张开了,再猝然又来一下。他们都说这是不好的,有什么不好呢。

荷花像是清明栽种。我们吃吃螺蛳,抹抹柳球,便可看佃户把马粪倒在几口大缸里盘上藕秧,再盖上河泥。我们在泥里找蚬子,小虾,觉得这些东西搬了这么一次家,是非常奇怪有趣的事。缸里泥晒干了，便加点水，一次又一次。有一天，紫红色的小觜子冒出了水面，夏天就来了。赞美第一朵花。荷叶上哗啦哗啦响了，母亲便把雨伞寻出来，小莲子会给我送去。

大雨忽然来了。一个青色的闪照在槐树上，我赶紧跑到柴草房里去。那是距我所在处最近的房屋。我爬上堆近屋顶的芦柴上，听水从高处流下来，响极了，"訇——"空心的老桑树倒了，葡萄架塌了，我的四近越来越黑了，雨点在我头上乱跳。忽然一转身，墙角两个碧绿的东西在发光！哦，那是我常看见的老猫。老猫又生了一群小猫了。原来它每次生养都在这里。我看它们攒着吃奶，听着雨，雨慢慢小了。

那棵龙爪槐是我一个人的。我熟悉它的一切好处，知道哪个枝子适合哪种姿势。云从树叶间过去。壁虎在葡萄上爬。杏子熟了。何首乌的藤爬上石笋了，石笋那么黑。蜘蛛网上一只苍蝇。蜘蛛呢？花天牛半天吃了一片叶子，这叶子有点甜么，那么嫩。金雀花那儿好热闹，多少蜜蜂！"波——"金鱼吐出一个泡，破了，下午我们去捞金鱼虫。香橼花蒂的黄色仿佛有点忧郁，别的花是飘下，香橼花是掉下的，花落在草叶上，草稍微低头又弹起。大伯母掐了枝珠兰戴上，回去了。大伯母的女儿，堂姐姐看金鱼，看见了自己。石榴花开,玉兰花开,祖母来了,"莫掐了,回去看看,瓶里是什么?""我下来了,下来扶您。"

槐树种在土山上,坐在树上可看见隔壁佛院。看不见房子,看到的是关着的那两扇门,关在门外的一片田园。门里是什么岁月呢?钟鼓整日敲,那么悠徐,那么单调。门开时,小尼姑来抱一捆草,打两桶水,随即又关上了。水咚咚地滴回井里。那边有人看我,我忙把书放在眼前。

家里宴客,晚上小方厅和花厅有人吃酒打牌。(我记得有个人笛子吹得极好。)灯光照到花上,树上,令人极欢喜也十分忧郁。点一个纱灯,从家里到园里,又从园里到家里,我一晚上总不知走了无数趟。有亲戚来去,多是我照路,说哪里高,哪里低,哪里上阶,哪里下坎。若是姑妈舅母,则多是扶着我肩膀走。人影人声都如在梦中。但这样的时候并不多。平日夜晚园子是锁上的。

小时候胆小害怕,黑的,树影风声,令人却步。而且相信园里有个"白胡子老头子",一个土地花神,晚上会出来,在那个土山后面,花树下,冉冉地转圈子,见人也不避让。

有一年夏天,我已经像个大人了,天气郁闷,心上另外又有一点小事使我睡不着,半夜到园里去。一进门,我就停住了。我看见一个火星。咳嗽一声，招我前去，原来是我的父亲。他也正因为睡不着觉在园中徘徊。他让我抽一支烟（我刚会抽烟），我搬了一张藤椅坐下，我们一直没有说话。那一次，我感觉我跟父亲靠得近极了。

四月二日。月光清极。夜气大凉。似乎该再写一段作为收尾，但又似无须了。便这样吧，日后再说。逝者如斯。

载一九四五年六月第二卷第三期《文艺》

花

荷花

  我们家每年要种两缸荷花,种荷花的藕不是吃的藕,要瘦得多,节间也长,颜色黄褐,叫作"藕秋子"。在缸底铺一层马粪,厚约半尺,把藕秋子盘在马粪上,倒进多半缸河泥,晒几天,到河泥坼裂有缝,倒两担水,将平缸沿。过个把星期,就有小荷叶嘴冒出来。过几天荷叶长大了,冒出花骨朵了。荷花开了,露出嫩黄的小莲蓬,很多很多花蕊。清香清香的。荷花好像说:"我开了。"

  荷花到晚上要收朵。轻轻地合成一个大骨朵。第二天一早,又放开,荷花收了朵,就该吃晚饭了。

  下雨了。雨打在荷叶上啪啪地响。雨停了,荷叶面上的雨水水银似的摇晃。一阵大风,荷叶倾倒,雨水流泻下来。

荷叶的叶面为什么不沾水呢?

荷叶粥和荷叶粉蒸肉都很好吃。

荷叶枯了。

下大雪,荷叶缸中落满了雪。

报春花,勿忘我

昆明报春花到处都有。圆圆的小叶子,柔软的细梗子,淡淡的紫红色的成簇的小花,由梗的两侧开得满满的,谁也不把它当作"花"。连根挖起来,种在浅盆里,能活。这就是翻译小说里常常提到的樱草。

偶然在北京的花店里看到十多盆报春花,种在青花盆里,标价相当贵,不禁失笑。昆明人如果看到,会说:"这也卖?"

Forget-me-not——勿忘我,名字很有诗意,花实在并不好看。草本,矮棵,几乎是贴地而生的。抽条颇多,一丛一丛的。灰绿色的布做的似的皱皱的叶子。花甚小,附茎而开,颜色正蓝。蓝色很正,就像国画颜色中的"三蓝"。花里头像这样纯正的蓝色的还很少见,——一般蓝色的花都带点紫。

为什么西方人把这种花叫作 forget-me-not 呢?是不是

思念是蓝色的?

昆明人不管它什么勿忘我,什么 forget-me-not,叫它"狗屎花"!

这叫西方的诗人知道,将谓大煞风景。

绣球

绣球,周天民编绘的《花卉画谱》上说:

绣球,虎儿草科,落叶灌木,高达一、二丈,干皮带皱。叶大椭圆形,边缘有锯齿。春月开花,百朵成簇,如球状而肥大。小花五出深裂,瓣端圆,有短柄,其色有淡紫、红、白。百株成簇,俨如玉屏。

我如终没有分清绣球花的小花到底是几瓣,只觉得是分不清瓣的一个大花球。我偶尔画绣球,也是以意为之地画了很多簇在一起的花瓣,哪一瓣属于哪一朵小花,不管它!

绣球花是很好养的，不需要施肥，也不要浇水，不用修枝，也少长虫，到时候就开出一球一球很大的花，白得像雪，非常灿烂。这花是不耐细看的，只是赫然地在你眼前轻轻摇晃。

我以前看过的绣球都是白的。

我有个堂房的小姑妈——她比我才大一岁。绣球花开的时候，她就折了几大球，插在一个白瓷瓶里，她在花下面写小字。

她是订过婚的。

听说她婚后的生活很不幸，我那位姑父竟至动手打她。

前年听说，她还在，胖得不得了。

绣球花云南叫作"粉团花"。民歌里有用粉团花来形容女郎长得好看的。用粉团花来形容女孩子，别处的民歌似还没有见过。

我看过的最好的绣球是在泰山。泰山人养绣球是一种风气。一个茶馆里的院子里的石凳上放着十来盆绣球。开得极好。盆面一层厚厚的喝剩的茶叶。是不是绣球宜浇残茶？泰山盆栽的绣球花头较小，花瓣较厚，瓣作豆绿色。这样的绣球是可以细看的。

杜鹃花

淡淡的三月天，

杜鹃花开在山坡上，

杜鹃花开在小溪旁，

多美丽哦。

乡村家的小姑娘，

乡村家的小姑娘。

这是抗日战争期间昆明的小学生很爱唱的一首歌。董林肯词，徐守廉曲。这是一首曲调明快的抒情歌，很好听。不单小学生爱唱，中学生也爱唱，大学生也有爱唱的，因为一听就记住了。

董林肯和徐守廉是同济大学的学生，原来都是育才中学毕业的。育才中学是全面培养学生才能的，而且是实行天才教育的学校。学生多半有艺术修养。董林肯、徐守廉都是学工的（同济大学是工科大学），但都对艺术有很虔诚的兴趣，因此能写词谱曲。

我是怎么认识他们俩的呢？因为董林肯主办了班台莱耶

夫的《表》的演出，约我去给演员化妆，我到同济大学的宿舍里去见他们，认识了，那时在昆明，只要有艺术上的共同爱好，有人一介绍，就会熟起来的。

董林肯为什么要主持《表》的演出？我想是由于在昆明当时没有给孩子看的戏。他组织这次演出是很辛苦的，而且演戏总有些叫人头疼的事，但是还是坚持了下来。他不图什么，只是因为有一颗班台莱耶夫一样的爱孩子的心。

我记得这个戏的导演是劳元干。演员里我记得演监狱看守的，是刺杀孙传芳的施剑翘的弟弟，他叫施什么我已经忘记了。他是个身材魁梧的胖子。我管化妆，主要是给他贴一个大仁丹胡子。

有当时有中国秀兰·邓波儿之称的小明星，长大后曾参与搜集整理《阿诗玛》，现在写小说、散文的女作家刘绮。有一次，不知为什么，剧团内部闹了意见，戏几乎开不了场，刘绮在后台大哭。刘绮一哭，事情就解决了。

刘绮，有这回事么？

前几年我重到昆明，见到刘绮。她还能看出一点小时候的模样。不过，听说已经当了奶奶了。

不知道为什么，我有时还会想起董林肯和徐守廉。我觉得这是两个对艺术的态度极其纯真，像我前面所说的，虔诚的人。他们身上没有一点明星气、流氓气。这是两个通身都是书卷气的搞艺术的人。

> 淡淡的三月天,
> 杜鹃花开在山坡上,
> 杜鹃花开在小溪旁,
> ……

木香花

我的舅舅家有一架木香花。木香花开,我们就揪下几撮,——木香柄长,似海棠,梗带着枝,一揪,可揪下一撮,养在浅口瓶里,可经数日。

木香亦称"锦栅儿",枝条甚长。从运河的御码头上船,到快近车逻,有一段,两岸全是木香,枝条伸向河上,搭成了一个长约一里的花棚。小轮船从花棚下开过,如同仙境。

前几年我回故乡一次,说起这一段运河两岸的木香花棚,谁也不知道。我有点怀疑:我是不是做梦?

昆明木香花极多。观音寺南面,有一道水渠,渠的两沿,密密地长了木香。

我和朱德熙曾于大雨少歇之际,到莲花池闲步。雨下起来了,我们赶快到一个小酒馆避雨。要了两杯市酒(昆明的绿陶高杯,可容三两)一碟猪头肉,坐了很久。连日下雨,墙脚积苔甚厚。檐下的几只鸡都缩着一脚站着。天井里有很大的一棚木香花,把整个天井都盖满了。木香的花、叶、花骨朵,都被雨水湿透,都极肥壮。

四十年后,我写了一首诗,用一张毛边纸写成一个斗方,寄给德熙:

莲花池外少行人,
野店苔痕一寸深。
浊酒一杯天过午,
木香花湿雨沉沉。

德熙很喜欢这幅字,叫他的儿子托了托,配一个框子,挂在他的书房里。

德熙在美国病逝快半年了,这幅字还挂在他在北京的书房里。

一九九三年一月二十九日
载一九九三年第四期《收获》

昆明的雨

宁坤要我给他画一张画,要有昆明的特点。我想了一些时候,画了一幅:右上角画了一片倒挂着的浓绿的仙人掌,末端开出一朵金黄色的花;左下画了几朵青头菌和牛肝菌。题了这样几行字:

昆明人家常于门头挂仙人掌一片以辟邪,仙人掌悬空倒挂,尚能存活开花。于此可见仙人掌生命之顽强,亦可见昆明雨季空气之湿润。雨季则有青头菌、牛肝菌,味极鲜腴。

我想念昆明的雨。

我以前不知道有所谓雨季。"雨季",是到昆明以后才有了具体感受的。

我不记得昆明的雨季有多长,从几月到几月,好像是相当长的,但是并不使人厌烦。因为是下下停停、停停下下,不是连绵不断，下起来没完，而且并不使人气闷。我觉得昆明雨季气压不低，人很舒服。

昆明的雨季是明亮的、丰满的，使人动情的。城春草木深，孟夏草木长。昆明的雨季，是浓绿的。草木的枝叶里的水分都到了饱和状态，显示出过分的、近于夸张的旺盛。

我的那张画是写实的。我确实亲眼看见过倒挂着还能开花的仙人掌。旧日昆明人家门头上用以辟邪的多是这样一些东西：一面小镜子，周围画着八卦，下面便是一片仙人掌，——在仙人掌上扎一个洞，用麻线穿了，挂在钉子上。昆明仙人掌多，且极肥大。有些人家在菜园的周围种了一圈仙人掌以代替篱笆。——种了仙人掌，猪羊便不敢进园吃菜了。仙人掌有刺，猪和羊怕扎。

昆明菌子极多。雨季逛菜市场，随时可以看到各种菌子。最多，也最便宜的是牛肝菌。牛肝菌下来的时候，家家饭馆卖炒牛肝菌，连西南联大食堂的桌子上都可以有一碗。牛肝菌色如牛肝，滑，嫩，鲜，香，很好吃。炒牛肝菌须多放蒜，否则容易使人晕倒。青头菌比牛肝菌略贵。这种菌子炒熟了也还是浅绿色的，格调比牛肝菌高。菌中之王是鸡㙡，味道鲜浓，无可方比。鸡㙡是名贵的山珍，但并不真的贵得惊人。一盘红烧鸡㙡的价钱和一碗黄焖鸡不相上下，因为这东西在云南并不难得。有一个笑话：有人从昆明坐火车到呈贡，在车上看到地上有一棵鸡㙡，他跳下去把鸡㙡捡了，紧赶两步，还能爬上火车。这笑话用意在说明昆明到呈贡的火车之慢，但也说明鸡㙡随处可见。有一种菌子，中吃不中看，叫作干巴菌。乍一看那样子，真叫人怀疑：这种东西也能吃？！颜色深褐带绿，有点像一堆半干的牛粪或一个被踩破了的马蜂窝。里头还有许多草茎、松毛，乱七八糟！可是下点功夫，把草茎、松毛择净，撕成蟹腿肉粗细的丝，和青辣椒同炒，入口便会使你张目结舌：这东西这么好吃？！还有一种菌子，中看不中吃，叫鸡油菌。都是一般大小，有一块银元那样大，滴溜儿圆，颜色浅黄，恰似鸡油一样。这种菌子只能做菜时配色用，没甚味道。

　　雨季的果子，是杨梅。卖杨梅的都是苗族女孩子，戴一顶小花帽子，穿着扳尖的绣了满帮花的鞋，坐在人家阶石的一角，不时吆喝一声："卖杨梅——"声音娇娇的。她们的声音使得昆明雨季的空气更加柔和了。昆明的杨梅很大，有一个乒乓球那样大，颜色黑红黑红的，叫作"火炭梅"。这个名字起得真好，真是像一球烧得炽红的火炭！一点都不酸！我吃过苏州洞庭山的杨梅、井冈山的杨梅，好像都比不上昆明的火炭梅。

　　雨季的花是缅桂花。缅桂花即白兰花，北京叫作"把儿兰"（这个名字真不好听）。云南把这种花叫作缅桂花，可能最初这种花是从缅甸传入的，而花的香味又有点像桂花，其实这跟桂花实在没有什么关系。——不过话又说回来，别处叫它白兰、把儿兰，它和兰花也挨不上呀，也不过是因为它很香，香得像兰花。我在家乡看到的白兰多是一人高，昆明的缅桂是大树！我在若园巷二号住过，院里有一棵大缅桂，密密的叶子，把四周房间都映绿了。缅桂盛开的时候，房东（是一个五十多岁的寡妇）和她的一个养女，搭了梯子上去摘，每天要摘下来好些，拿到花市上去卖。她大概是怕房客们乱摘她的花，时常给各家送去一些。有时送来一个七寸盘子，里面摆得满满的缅桂花！带着雨珠的缅桂花使我的心软软的，不是怀人，不是思乡。

雨，有时是会引起人一点淡淡的乡愁的。李商隐的《夜雨寄北》是为许多久客的游子而写的。我有一天在积雨少住的早晨和德熙从联大新校舍到莲花池去。看了池里的满池清水，看了着比丘尼装的陈圆圆的石像（传说陈圆圆随吴三桂到云南后出家，暮年投莲花池而死），雨又下起来了。莲花池边有一条小街，有一个小酒店，我们走进去，要了一碟猪头肉，半市斤酒（装在上了绿釉的土瓷杯里），坐了下来。雨下大了。酒店有几只鸡，都把脑袋反插在翅膀下面，一只脚着地，一动也不动地在檐下站着。酒店院子里有一架大木香花。昆明木香花很多。有的小河沿岸都是木香。但是这样大的木香却不多见。一棵木香,爬在架上,把院子遮得严严的。密匝匝的细碎的绿叶,数不清的半开的白花和饱涨的花骨朵,都被雨水淋得湿透了。我们走不了,就这样一直坐到午后。四十年后,我还忘不了那天的情味,写了一首诗:

莲花池外少行人,
野店苔痕一寸深。
浊酒一杯天过午,
木香花湿雨沉沉。

我想念昆明的雨。

一九八四年五月十九日
载一九八四年第十期《北京文学》

昆明的花

茶花

张岱的文章里不止一次提到"滇茶一本",云南茶花驰名久矣。茶花曾被选为云南省花。曾见过一本《云南茶花》照相画册,印制得很精美,大概就是那一年编印的。茶花品种很多,颜色、花形各异。滇茶为全国第一,在全世界也是有数的。这大概是因为云南的气候土壤都于茶花特别相宜。

西山某寺(偶忘寺名)有一棵很大的红茶花。一棵茶花,占了大雄宝殿前的院子的一多半,——寺庙的庭院都是很大的。花开时,至少有上百朵,花皆如汤碗口大。碧绿的厚叶子,通红的花头,使人不暇仔细观赏,只觉得烈烈轰轰的一大片,真是壮观。寺里的和尚怕树身负担不了那么多花头的重量,用杉木搭了很大的架子,支撑着四面的枝条。我一生没有看见过这样高大的茶花。

茶花的花期很长。我似乎没有见过一朵凋败在树上的茶花。这也是茶花的可贵处。

汤显祖把他的居室名为"玉茗堂"。俞平伯先生在一篇文章里说，玉茗是一种名贵的白茶花。我在《云南茶花》那本画册里好像没有发现"玉茗"这一名称。不过我相信云南是一定有玉茗的，也许叫作什么别的名字。

樱花

春雨既足，风和日暖，圆通公园樱花盛开。花开时，游人很多，蜜蜂也很多。圆通公园多假山，樱花就开在假山的上上下下。樱花无姿态，花形也平常，不耐细看，但是当得一个"盛"字。那么多的花，如同明霞绛雪，真是热闹！身在耀眼的花光之中，满耳是嗡嗡的蜜蜂声音，使人觉得有点晕晕乎乎的。此时人与樱花已经融为一体。风和日暖，人在花中，不辨为人为花。

兰花

曾到一位绅士家做客，——他的女儿是我们的同学。这位绅士曾经当过一任教育总长，多年闲居在家，每天除了看看报纸，研究在很远的地方进行的战争，谈谈中国的线装书和法国小说，剩下的嗜好是种兰花。他的客厅里摆着几十盆兰花。这间屋子仿佛已为兰花的香气所窨透，纱窗竹帘，无不带有淡淡的清香。屋里屋外都静极了。坐在这间客厅里，用细瓷盖碗喝着"滇绿"，看看披拂的兰叶，清秀素雅的兰花箭子，闻嗅着兰花的香气，真不知身在何世。

我的一位老师曾在呈贡桃园住过几年，他的房东也是爱种兰花的。隔了差不多四十年，这位先生还健在，已经是一位老者了。经过"文化大革命"，他的兰花居然能保存了下来。他的女儿要到北京来玩，劝说她父亲也到北京走走，老人不同意，他说："我的这些兰花咋个整？"

缅桂花

昆明缅桂花多，树大，叶茂，花繁。每到雨季，一城都是缅桂花的浓香，我已于《昆明的雨》中说及，不复赘。

粉团花

粉团花即绣球。昆明人谓之"粉团"，亦有理致。

云南民歌："阿妹好像粉团花。"用绣球花来比拟少女，别处的民歌里好像还未见过。于此可见云南绣球甚多，遍布城乡，所以歌手们能近取譬。

康乃馨·菖兰·夜来香

康乃馨昆明人谓之洋牡丹,菖兰即剑兰,夜来香在有的地方叫作晚香玉。这都是插瓶的花。康乃馨有红的、粉的、白的。菖兰的颜色更多,粉色的,白色的,黄色的,紫得发黑的。夜来香洁白如玉。昆明近日楼有一个很大的花市,卖花的把水灵灵的鲜花摊在一片巴蕉叶上卖。鲜花皆烂贱。买一大把鲜花和称二斤青菜的价钱差不多。

美人蕉和波斯菊

波斯菊叶子极细碎轻柔,花粉紫色,单瓣,瓣极薄。微风吹拂,花叶动摇,如梦如烟。

我原以为波斯菊只有南方有,后来在张家口坝上沽源县的街头也看见了这种花,只是塞北少雨水,花开得不如昆明滋润。在沽源看见波斯菊使我非常惊喜,因为它使我一下子想起了昆明。

波斯菊真是从波斯传来的么？那么你是一位远客了。

昆明的美人蕉皆极壮大，花也大，浓红如鲜血。红花绿叶，对比鲜明。我曾到郊区一中学去看一个朋友，未遇。学校已经放了暑假，一个人没有，安安静静的，校园的花圃里一大片美人蕉赫然地开着鲜红鲜红的大花。我感到一种特殊的，颜色强烈的寂寞。

叶子花

叶子花别处好像是叫作三角梅，昆明人就老是不客气地叫它叶子花，因为它的花瓣和叶子完全一样，只是长条的顶端的十几撮花的颜色是紫红的，而下边的叶子是深绿的。青莲街拐角有一家很大的公馆，围墙的墙头上种的都是叶子花。墙头上种花，少有。

报春花

我想查一查报春花的资料。家里只有一本《辞海》。我相信《辞海》里是不会收这一条的。报春花不是名花。但我还是抱着姑且查查看的心情翻开了《辞海》,不料竟有!

"报春花……一年生草本。叶基生,长卵形,顶端圆钝,基部楔形或心形,边缘有不整齐缺裂,缺裂具细锯齿,上面被纤毛,下面有白粉或疏毛。秋季开花,花高脚碟状,红色或淡紫色,伞形花序 2~4 轮,蒴果球形。多生于荒野、田边。原产我国云南、贵州。各地栽培,供观赏。"

不错,不错!就是它,就是它!难得是它把报春花描写得这样仔细。尤其使我欢喜的,是它告诉我云南是报春花的老家。

我在北京的一家花店里重遇报春花，栽在花盆里，标价一元一盆。我不禁笑了：这种东西也卖钱！我们在昆明市，到田边散步，一扯就是一大把！

一九八五年六月九日
载一九八六年第三期《滇池》

生机

芋头

一九四六年夏天,我离开昆明去上海,途经香港。因为等船期,滞留了几天,住在一家华侨公寓的楼上。这是一家下等公寓,已经很敝旧了,墙壁多半没有粉刷过。住客是开机帆船的水手,跑澳门做鱿鱼、蚝油生意的小商人,准备到南洋开饭馆的厨师,还有一些说不清是什么身份的角色。这里吃住都是很便宜的。住,很简单,有一条席子,随便哪里都能躺一夜。每天两顿饭,米很白。菜是一碟炒通菜、一碟在开水里焯过的墨斗鱼脚,顿顿如此。墨斗鱼脚,我倒爱吃,因为这是海味。——我在昆明七年,很少吃到海味。只是心情很不好。我到上海,想去谋一个职业,一点着落也没有,真是前途缈茫。带来的钱,买了船票,已经所剩无几。在这里又是举目无亲，连一个可以说说话的人都没有。我整天无所事事，除了到皇后道、德辅道去瞎逛，就是蹓到走廊上去看水手、小商人、厨师打麻将。真是无聊呀。

我忽然发现了一个奇迹，一棵芋头！楼上的一侧，一个很大的阳台，阳台上堆着一堆煤块，煤块里竟然长出一棵芋头！大概不知是谁把一个不中吃的芋头随手扔在煤堆里，它竟然活了。没有土壤，更没有肥料，仅仅靠了一点雨水，它，长出了几片碧绿肥厚的大叶子，在微风里高高兴兴地摇曳着。在寂寞的羁旅之中看到这几片绿叶，我心里真是说不出的喜欢。

这几片绿叶使我欣慰，并且，并不夸张地说，使我获得一点生活的勇气。

豆芽

秦老九去点豆子。所有的田埂都点到了。——豆子一般都点在田埂的两侧，叫作"豆埂"，很少占用好地的。豆子不需要精心管理，任其自由生长。谚云："懒媳妇种豆。"还剩下一把。秦老九懒得把这豆子带回去，就掀开路旁一块石头，把豆子撒到石头下面，说了一声："去你妈的！"又把石头放下了。

过了一阵，过了谷雨，立夏了，秦老九到田头去干活，路过这块石头，他的眼睛瞪得像铃铛，石头升高了！他趴下来看看！豆子发了芽，一群豆芽把石头顶起来了。

"咦！"

刹那之间，秦老九成了一个哲学家。

长进树皮里的铁蒺藜

玉渊潭当中有一条南北的长堤，把玉渊潭隔成了东湖和西湖。堤中间有一水闸，东西两湖之水可通。东湖挨近钓鱼台。"四人帮"横行时期，沿东湖岸边拦了铁丝网。附近的老居民把铁丝网叫作铁蒺藜。铁丝网就缠在湖边的柳树干上，绕一个圈，用钉子钉死。东湖被圈禁起来了。湖里长满了水草，有成群的野鸭凫游，没有人。湖中的堤上还可以通过，也可以散散步，但是最好不要停留太久，更不能拍照。我的孩子有一次带了一个照相机，举起来对着钓鱼台方向比了比，马上走过来一个解放军，很严肃地说："不许拍照！"行人从堤上过，总不禁要向钓鱼台看两眼，心里想：那里头现在在干什么呢？

"四人帮"粉碎后,铁丝网拆掉了。东湖解放了。岸上有人散步,遛鸟,湖里有了游船,还有人划着轮胎内带扎成的筏子撒网捕鱼,有人弹吉他、吹口琴、唱歌。住在附近的老人每天在固定的地方聚会闲谈。他们谈柴米油盐、男婚女嫁、玉渊潭的变迁……

但是铁蒺藜并没有拆净。有一棵柳树上还留着一圈。铁蒺藜勒得紧,柳树长大了,把铁蒺藜长进树皮里去了。兜着铁蒺藜的树皮愈合了。鼓出了一圈,外面还露着一截铁的毛刺。

有人问:"这棵树怎么啦?"

一个老人说:"铁蒺藜勒的!"

这棵柳树将带着一圈长进树皮里的铁蒺藜继续往上长,长得很大,很高。

载一九八五年第八期《丑小鸭》

北京的秋花

桂花

桂花以多为胜。《红楼梦》薛蟠的老婆夏金桂家"单有几十顷地种桂花",人称"桂花夏家"。"几十顷地种桂花",真是一个大观!四川新都桂花甚多。杨升庵祠在桂湖,环湖植桂花,自山坡至水湄,层层叠叠,都是桂花。我到新都谒升庵祠,曾作诗:

桂湖老桂发新枝,
湖上升庵旧有祠。
一种风流谁得似,
状元词曲罪臣诗。

杨升庵是才子，以一甲一名中进士，著作有七十种。他因"议大礼"获罪，充军云南，七十余岁，客死于永昌。陈老莲曾画过他的像，"醉则簪花满头"，面色酡红，是喝醉了的样子。从陈老莲的画像看，升庵是个高个儿的胖子。但陈老莲恐怕是凭想象画的，未必即像升庵。新都人为他在桂湖建祠，升庵死若有知，亦当欣慰。

北京桂花不多，且无大树。颐和园有几棵，没有什么人注意。我曾在藻鉴堂小住，楼道里有两棵桂花，是种在盆里的，不到一人高！

我建议北京多种一点桂花。桂花美阴，叶坚厚，入冬不凋。开花极香浓，干制可以做元宵馅、年糕。既有观赏价值，也有经济价值，何乐而不为呢？

菊花

秋季广交会上摆了很多盆菊花。广交会结束了，菊花还没有完全开残。有一个日本商人问管理人员："这些花你们打算怎么处理？"答云："扔了！"——"别扔，我买。"他给了一点钱，把开得还正盛的菊花全部包了，订了一架飞机，把菊花从广州空运到日本,张贴了很大的海报:"中国菊展"。卖门票,参观的人很多。他捞了一大笔钱。这件事叫我有两点感想:一是日本商人真有商业头脑,任何赚钱的机会都不放过,我们的管理人员是老爷,到手的钱也抓不住。二是中国的菊花好,能得到日本人的赞赏。

中国人长于艺菊,不知始于何年,全国有几个城市的菊花都负盛名,如扬州、镇江、合肥,黄河以北,当以北京为最。

菊花品种甚多,在众多的花卉中也许是最多的。

首先,有各种颜色。最初的菊大概只有黄色的。"鞠有黄华""零落黄花满地金","黄华"和菊花是同义词。后来就发展到什么颜色都有了。黄色的、白色的、紫的、红的、粉的,都有。挪威的散文家别伦·别尔生说各种花里只有菊花有绿色的,也不尽然,牡丹、芍药、月季都有绿的,但像绿菊那样绿得像初新的嫩蚕豆那样,确乎是没有。我几年前回乡,在公园里看到一盆绿菊,花大盈尺。

其次,花瓣形状多样,有平瓣的、卷瓣的、管状瓣的。在镇江焦山见过一盆"十丈珠帘",细长的管瓣下垂到地,说"十丈"当然不会,但三四尺是有的。

北京菊花和南方的差不多，狮子头、蟹爪、小鹅、金背大红……南北皆相似，有的连名字也相同。如一种浅红的瓣，极细而卷曲如一头乱发的，上海人叫它"懒梳妆"，北京人也叫它"懒梳妆"，因为得其神韵。

有些南方菊种北京少见。扬州人重"晓色"，谓其色如初日晓云，北京似没有。"十丈珠帘"，我在北京没见过。"枫叶芦花"，紫平瓣，有白色斑点，也没有见过。

我在北京见过的最好的菊花是在老舍先生家里。老舍先生每年要请北京市文联、文化局的干部到他家聚聚，一次是腊月，老舍先生的生日（我记得是腊月二十三）；一次是重阳节左右，赏菊。老舍先生的哥哥很会莳弄菊花。花很鲜艳；菜有北京特点（如芝麻酱炖黄花鱼、"盒子菜"）；酒"敞开供应"，既醉既饱，至今不忘。

我不赞成搞菊山菊海，让菊花都按部就班，排排坐，或挤成一堆，闹闹嚷嚷。菊花还是得一棵一棵地看，一朵一朵地看。更不赞成把菊花缚扎成龙、成狮子，这简直是糟蹋了菊花。

秋葵、鸡冠、凤仙、秋海棠

秋葵我在北京没有见过，想来是有的。秋葵是很好种的，在篱落、石缝间随便丢几个种子，即可开花。或不烦人种，也能自己开落。花瓣大、花浅黄，淡得近乎没有颜色，瓣有细脉，需内侧近花心处有紫色斑。秋葵风致楚楚，自甘寂寞。不知道为什么，秋葵让我想起女道士。秋葵亦名鸡脚葵，以其叶似鸡爪。

我在家乡县委招待所见一大丛鸡冠花，高过人头，花大如扫地笤帚，颜色深得吓人一跳。北京鸡冠花未见有如此之粗野者。

凤仙花可染指甲，故又名指甲花。凤仙花捣烂，少入矾，敷于指尖，即以凤仙叶裹之，隔一夜，指甲即红。凤仙花茎可长得很粗，湖南人或以入臭坛腌渍，以佐粥，味似臭苋菜秆。

秋海棠北京甚多，齐白石喜画之。齐白石所画，花梗颇长，这在我家那里叫作"灵芝海棠"。诸花多为五瓣，唯秋海棠为四瓣。北京有银星海棠，大叶甚坚厚，上洒银星，秆亦高壮，简直近似木本。我对这种孙二娘似的海棠不大感兴趣。我所不忘的秋海棠总是伶仃瘦弱的。我的生母得了肺病，怕"过人"——传染别人，独自卧病，在一座偏房里，我们都叫那间小屋为"小房"。她不让人去看她，我的保姆要抱我去让她看看，她也不同意。因此我对我的母亲毫无印象。她死后，这间"小房"成了堆放她的嫁妆的储藏室，成年锁着。我的继母偶尔打开，取一两件东西，我也跟了进去。"小房"外面有一个小天井，靠墙有一个秋叶形的小花坛，不知道是谁种了两三棵秋海棠，也没有人管它，它在秋天竟也开花。花色苍白，样子很可怜。不论在哪里，我每看到秋海棠，总要想起我的母亲。

黄栌、爬山虎

霜叶红于二月花。

西山红叶是黄栌，不是枫树。我觉得不妨种一点枫树，这样颜色更丰富些。日本枫娇红可爱，可以引进。

近年北京种了很多爬山虎，入秋，爬山虎叶转红。

沿街的爬山虎红了，

北京的秋意浓了。

一九九六年中秋

载一九九六年十月二十八日《北京晚报》

颜色的世界

鱼肚白

珍珠母

珠灰

葡萄灰（以上皆天色）

大红

朱红

牡丹红

玫瑰红

胭脂红

干红（《水浒》等书动辄言"干红"，不知究竟是怎样的红）

浅红

粉红

水红

单杉杏子红

霁红（釉色）

豇豆红（粉绿地泛出豇豆红，釉色，极娇美）

天竺

湖蓝

春水碧于蓝

雨过天青云破处（釉色）

鸭蛋青

葱绿

鹦哥绿

孔雀绿

松耳石

"嘎巴绿"

明黄

赭黄

土黄

藤黄（出柬埔寨者佳）

梨皮黄（釉色）

杏黄

鹅黄

老僧衣

茶叶末

芝麻酱（以上皆釉色，甚肖）

世界充满了颜色

一九九六年三月二十七日

载一九九六年第四期《小说》

泰山拾零

游过泰山的人很多,关于泰山的书籍、文章、导游的小册子也很多。凡别人已经记过的,不欲再记。且我往游泰山,距今已十几年,印象淡忘,难以追忆。只记一些现在还记得的小事,少留鸿印尔。

陈庙长

泰山管理处设在岱庙,主任姓陈。但是当地人都不叫他陈主任,而叫他陈庙长,因为他在庙里办公,在庙里住。陈庙长对泰山非常熟悉,有重要一点的客人来,都由他接待。陈庙长有一套讲究的衣服,毛料的中山装。有外宾来,他就换上这身衣服。当地人一看陈庙长走在街上，就互相传告："今天有外国人来，陈庙长换衣服了！"这是一个很幽默健谈的人，他向我们介绍了泰山概况，背了几首咏泰山的诗，最后还背了韩复榘的大作。

韩复榘是国民党时期山东省政府主席，是个没有文化的军阀，有许多关于他的笑话。流传得最广的是，蒋介石规定行人靠左走，韩复榘说："蒋委员长提倡的事我都赞成，就是这一点不行。大家都靠左走，右边谁走呢？"

韩复榘咏泰山诗如下：

远看泰山黑乎乎，

上边细来下边粗。

有朝一日倒过来，

下边细来上边粗。

这是咏泰山诗的压卷之作！

韩复榘还有一首咏济南趵突泉的诗，也不错：

趵突泉，

泉趵突，

三个泉眼一般粗，

咕嘟咕嘟又咕嘟。

陈庙长在陪我们游山途中还讲了一些韩复榘的轶事,因与泰山无关,不录。当然,韩复榘的故事和诗,都是别人编出来的。

经石峪

泰山留给我印象最深的是经石峪。

在半山的巉岩间忽然有一片巨大的石板,石色微黄,是一整块,极平,略有倾斜,上面刻了一部《金刚经》,字大径斗,笔势雄浑厚重,大巧若拙,字体微扁,非隶非魏。郭沫若断为齐梁人所书,有人有不同意见。经石峪成为中国书法里的独特的字体。龚定庵谓:南书无过瘗鹤铭,北书无过金刚经。《瘗鹤铭》在镇江焦山,《金刚经》即在泰山经石峪。

为什么在这里刻了一部经?积雨之后,山水下注,流过石面,淙淙作响,有如梵唱,流水念经,亦是功德。

快活三里

登泰山,紧十八,慢十八,不紧不慢又十八。"十八"指的是十八里还是十八盘,未详。反正爬完三个十八,就到南天门了。三个十八,爬起来都很累人。当中忽有一段平路,名曰"快活三里"。这名字起得好!若在原隰,三里平路,有何稀奇!但在陡峻的山路上,爬得上气不接下气,忽遇坦途,可以直起身来,均匀地呼吸,放脚走去,汗收体爽,真是快活。人生道路,亦犹如此。

讨钱

泰山山道旁,有不少人家以讨钱为生。讨钱的大都是老婆婆和小孩子。她们坐在路边,并不出声,进香的善男信女,就自动把钱丢进她们面前的瓢里。小孩子有时缠着奶奶:"奶奶,我今天跟你去讨钱!"——"不叫你去!"——"要去嘛,要去嘛!"

这些孩子不觉得讨钱有什么羞耻，他要跟奶奶去讨钱，就跟要跟奶奶去逛庙会或上街买东西一样。这些人家的日子过得不错。每年香期，收入很可观。讨钱是山上居民的专利，山下乞丐不能分享。她们穿戴得整整齐齐，并不故作褴褛。

泰山老奶奶

泰山是道教的山。中国的山不是属于佛教就是属于道教。天下名山僧占多。峨眉、五台、普陀、九华山，是佛教的四大名山，各为普贤、文殊、观音、地藏的道场。青城、武当是道教的山。泰山的主神似为碧霞元君。碧霞元君是东岳大帝的女儿。但据陈庙长告诉我，当地老乡不知道什么碧霞元君，都叫她泰山老奶奶。不知道为什么，元君的塑像不是一个窈窕的少女，却是一个很富态的半老的宫妆的命妇，秉笏端正，毫无表情。碧霞元君祠长年锁闭，参拜的人只能从窗格的窟窿间看一眼。善男信女，只能从窟窿里把奉献的香钱丢进去。一年下来，祠内堆满了钱。每年打开祠门，清点一次。明清以来有定制，这钱是皇后嫔妃的脂粉钱，别人不得擅用。

绣球花

泰山五大夫松附近有一家茶馆。爬了一气山，进去喝了壶热茶，太好了。水好，茶叶不错，房屋净洁，座位也舒服。

茶馆有一个院子，院里的石条上放了十多盆绣球花。这里的绣球的花头比我在别处看过的小。别处的绣球一球有一个脑袋大，这里的只比拳头略大一点。花瓣不像别处的是纯白的，是豆绿色的。花瓣较小而略厚。干不高，不到二尺；枝多横生。枝干皆老，如盆景。叶深墨绿色，甚整齐，无一叶残败。这些绣球显出一种充足而又极能自制的生命力。我不知道这样的豆绿色的绣球是泰山的水土使然，还是别是一种。茶馆的主人以茶客喝剩的茶水浇之，盆面积了颇厚的茶叶。这几盆绣球真美，美得使人感动。我坐在花前，谛视良久，恋恋不忍即去。别之已十几年，犹未忘。

山顶夜宴

游泰山的，大都在山顶住一夜，等着第二天看日出。山顶有招待所。招待所供应晚餐，煮挂面，陈庙长特意给我们安排了一顿正式的晚餐。在泰山绝顶，这样的晚餐算是非常丰盛的了：烧鸡、卤肉、炒鸡蛋、炸花生米，还有炒棍儿扁豆。这棍豆是山上出的，照上海人的说法，真是"嫩得不得了"！我平生吃过的棍豆，以泰山顶上的最为鲜嫩。还有一种很特别的菜，油炸的绿叶。陈庙长说这是藿香，泰山的特产。颜色碧绿，入口酥脆而有清香，嚼之下酒，真是妙绝。这顿夜宴，不知费了几许人力，惭愧惭愧。

把青菜的叶子油炸了吃，这是山东特有的吃法，我后来在别处还吃过油炸菠菜，也很好吃。山东菜谱中皆未载此种做法。

看日出

游泰山的最大希望在看日出。很多人看不到，因为天气不好。

等着看日出，要受一点罪。山顶上夜里很冷，风大。招待所床位已经全部租出，有人只能裹了一件潮乎乎的棉大衣在庙下蜷缩一夜。夜里下了雨。次日拂晓，雨停了。有几个青年大叫："天晴了！快去！快去！"天气还不很好，但总算看到日出了。但是并不像许多传文里所描写过的，气势磅礴，灿烂辉煌，红黄赤白，瞬息万变，使人目眩神迷，欢喜赞叹。下山后有人问我："看到日出了么？怎么样？"我只能说："看到了，还不错。"这样的日出，我在别处也看见过。在井冈山黄洋界看到日出，所得印象即比在泰山看到的要深，因为是无意中看到的，更令人惊奇不置，想要高歌大叫。

世间事物，宣传太过，即使真的了不起，也很难使人满足。

耙和尚

泰山是道教的山，但后山山脚却有一座佛寺，寺名今忘（好像是叫宝庆寺）。寺里的罗汉塑得很好。据说这寺里的罗汉和苏州紫金庵的、昆明筇竹寺的鼎足而三，可以齐名。那两处的我都看过。紫金庵的比较小，罗汉神态安详，是坐像。筇竹寺门的罗汉有的踞坐，有的靠墙，有的向前探头，有的侧卧着，姿态各异，而彼此之间互相顾盼，有所交流，是一组有联系的，带一点戏剧性的群像。这寺里的罗汉是立像，各站在一个龛里，比常人稍高大。塑得的确不错，眉目如生，肌肉似有弹性，衣纹繁复而流畅，涂色精细但不琐碎。龛面罩了玻璃，保存得很好。

寺后有一片庄稼地。陈庙长告诉我们，这有一段故事，寺里的和尚很霸道，强占了很多民田。这里的庄户人和和尚打了多年官司，一直打到皇帝那里。皇帝看了呈子，说"罢了吧"。"罢了吧"意思是算了吧，不要再打官司了。庄户人一听，圣旨下来了，就把寺里的和尚都活埋在地里，只露出一个个和尚脑袋，用耙地的耙都给耙了。这当然只是个故事，不过当地人说确实有过那么回事。他们这么说，咱就听着，不抬杠。

莱芜讴

我们顺便到莱芜看了看。莱芜有中国最大的淡水养鱼湖，据说湖的面积有三个西湖大。坐了汽艇在湖里游了一圈，确实很大。有几只船在捕鱼，鱼都很大。

午饭、晚饭都上了鳜鱼，鳜鱼有七八斤重，而且不止一条。

可惜煮治不甚得法，太淡。凡做鱼，宁偏咸，毋偏淡。厨师口诀云："咸鱼淡肉"—肉淡一点不妨。这样大的鱼，宜做松鼠鱼，红烧白煮皆不易入味。

晚上看了莱芜梆子。莱芜梆子的特别处是每逢尾腔都倒吸气，发出"讴—"的声音。所以叫作"莱芜讴"。倒吸气，向里唱，怎么能出声音呢？我试了试，不行。这种唱法不知是怎么形成的，别的剧种从无这样的唱法。由"莱芜讴"我想到"赵代秦楚之讴"会不会也是这种唱法？"讴歌"，讴和歌应该是有区别的。"讴",会不会是吸气发声?这当然是瞎想,毫无佐证。不过我在内蒙确曾遇到一个蒙古人,他的说话方式很特别,一句话的上半句是呼气说出的,下半句却是吸着气说的。说不定古代曾有过吸气而讴的讴法,后来失传了。

一九八七年三月廿四日

载一九八七年第一卷第二期《文学家》

淡淡秋光

秋葵·凤仙花·秋海棠

秋葵叶似鸡脚,又名鸡脚葵、鸡爪葵。花淡黄色,淡若无质。花瓣内侧近蒂处有檀色晕斑。花心浅白,柱头深紫。秋葵不是名花,然而风致楚楚。古人诗说秋葵似女道士,我觉得很像,虽然我从未见过一个女道士。

凤仙花有单瓣、复瓣。单瓣者多为水红色。复瓣者为深红、浅红、白色。复瓣者花似小牡丹,只是看不见花蕊。花谢,结小房如玉搔头。凤仙花极易活,子熟,花房裂破,子实落在泥土、砖缝里,第二年就会长出一棵一棵的凤仙花,不烦栽种。凤仙花可染指甲。凤仙花捣烂,少加矾,用花叶包于指尖,历一夜,第二天指甲就成了浅浅的红颜色。北京人即谓凤仙为"指甲花"。现在大概没有用凤仙花染指甲的了，除非偏远山区的女孩子。

我们那里的秋海棠只有一种，矮矮的草本，开浅红色四瓣的花，中缀黄色的花蕊如小绒球。像北京的银星海棠那样硬杆、大叶、繁花的品种是没有的。

我母亲生肺病后（那年我才三岁）移居在一小屋中，与家人隔离。她死后，这间小屋就成了堆放她生前所用家具什物的贮藏室。有时需要取用一件什么东西，我的继母就打开这间小屋，我也跟着进去看过。这间小屋外面有一小天井，靠墙有一个秋叶形的小花坛。花坛里开着一丛秋海棠。也没有人管它，它自开自落。我母亲没有给我留下什么记忆。我记得的只有两件事。一件是我父亲陪母亲乘船到淮安去就医，把我带在身边。船篷里挂了好些船家自腌的大头菜（盐腌的，白色，有点像南浔大头菜，不像云南的"黑芥"），我一直记着这大头菜的气味。另一件便是这丛秋海棠。我记住这丛秋海棠的时候，我母亲去世已经有两三年了。我并没有感伤情绪，不过看见这丛秋海棠，总会想到母亲去世前是住在这里的。

香橼·木瓜·佛手

我家的"花园"里实在没有多少花。花园里有一座"土山"。这"土山"不知是怎么形成的，是一座长长的隆起的土丘。"山"上只有一棵龙爪槐，旁枝横出，可以倚卧。我常常带了一块带筋的酱牛肉或一块榨菜，半躺在横枝上看小说，读唐诗。"山"的东麓有两棵碧桃，一红一白，春末开花极繁盛。"山"的正面却种了四棵香橼。我不知道我的祖父在开园堆山时为什么要栽了这样几棵树。这玩意就是"橘逾淮南则为枳"的枳（其实这是不对的，橘与枳自是两种）。这是很结实的树。木质坚硬，树皮紧细光滑。叶片经冬不凋，深绿色。树枝有硬刺。春天开白色的花。花后结圆球形的果，秋后成熟。香橼不能吃，瓤极酸涩，很香，不过香得不好闻。凡花果之属有香气者，总要带点甜味才好，香橼的香气里却带有苦味。香橼很肯结，树上累累的都是深绿色的果子。香橼算是我家的"特产"，可以摘了送人。但似乎不受欢迎。没有什么用处，只好听它自己碧绿地垂在枝头。到了冬天，皮色变黄了，放在盘子里，摆在水仙花旁边，也还有点意思，其时已近春节了。总之，香橼不是什么佳果。

香橼皮晒干，切片，就是中药里的枳壳。

花园里有一棵木瓜，不过不大结。我们所玩的木瓜都是从水果摊上买来的。所谓"玩"，就是放在衣口袋里，不时取出来，凑在鼻子跟前闻闻。——那得是较小的，没有人在口袋里揣一个茶叶罐大小的木瓜的。木瓜香味很好闻。屋子里放几个木瓜，一屋子随时都是香的，使人心情恬静。

我们那里木瓜是不吃的。这东西那么硬，怎么吃呢？华南切为小薄片，制为蜜饯。——厦门人是什么都可以做蜜饯的，加了很多味道奇怪的药料。昆明水果店将木瓜切为大片，泡在大玻璃缸里。有人要买，随时用筷子夹出两片。很嫩，很脆，很香。泡木瓜的水里不知加了什么，否则这木头一样的瓜怎么会变得如此脆嫩呢？中国人从前是吃木瓜的。《东京梦华录》载"木瓜水"，这大概是一种饮料。

佛手的香味也很好。不过我真不知道一个水果为什么要长得这么奇形怪状！佛手颜色嫩黄可爱。《红楼梦》贾母提到一个蜜蜡佛手，蜜蜡雕为佛手，颜色、质感都近似，设计这件摆设的工匠是个聪明人。蜜蜡不是很珍贵的玉料，但是能够雕成一个佛手那样大的蜜蜡却少见，贾府真是富贵人家。

佛手、木瓜皆可泡酒。佛手酒微有黄色，木瓜酒却是红色的。

橡栗

橡栗即"狙公赋茅"的茅，不知道为什么我们小时候却叫它"茅栗子"。这是"形近而讹"么？不过我小时候根本不认得这个"茅"字。橡即栎。我们也不认得"栎"字，只是叫它"茅栗子树"。我们那里茅栗子树极少，只有西门外小校场的西边有一棵，很大。到了秋天，茅栗子熟了，落在地下，我们就去捡茅栗子玩。茅栗有什么好玩的？形状挺有趣，有一点像一个小坛子，不过底是尖的。皮色浅黄，很光滑。如此而已。我们有时在它的像个小盖子似的蒂部扎一个小窟窿，插进半截火柴棍，成了一个"捻捻转"。用手一捻，它就在桌面上旋转，像一个小陀螺。如此而已。

小校场是很偏僻的地方，附近没有什么人家。有一回，我和几个女同学去捡茅栗子，天黑下来了，我们忽然有些害怕，就赶紧往城里走。路过一家孤零零的人家门外，门前站着一个岁数不大的人，说："你们要茅栗子么？我家里有！"我们立刻感到：这是个坏人。我们没有搭理他，只是加快了脚步，拼命地走。我是同学里唯一的男子汉，便像一个勇士似的走在最后。到了城门口，发现这个坏人没有跟上来，才松了一口气。当时的紧张心情，我过了很多年还记得。

梧桐

一叶落而知天下秋，梧桐是秋的信使。梧桐叶大，易受风。叶柄甚长，叶柄与树枝连接不很结实，好像是粘上去的。风一吹，树叶极易脱落。立秋那天，梧桐树本来好好的，碧绿碧绿，忽然一阵小风，欻的一声，飘下一片叶子，无事的诗人吃了一惊：啊！秋天了！其实只是桐叶易落，并不是对于时序有特别敏感的"物性"。梧桐落叶早，但不是很快就落尽。《唐明皇秋夜梧桐雨》证明秋后梧桐还是有叶子的，否则雨落在光秃秃的枝干上，不会发出使多情的皇帝伤感的声音。据我的印象，梧桐大批地落叶，已是深秋，树叶已干，梧桐籽已熟。往往是一夜大风，第二天起来一看，满地桐叶，树上一片也不剩了。

梧桐籽炒食极香，极酥脆，只是太小了。

我的小学校园中有几棵大梧桐，大风之后，我们就争着捡梧桐叶。我们要的不是叶片，而是叶柄。梧桐叶柄末端稍稍鼓起，如一小马蹄。这个小马蹄纤维很粗，可以磨墨。所谓"磨墨",其实是在砚台上注了水,用粗纤维的叶柄来回磨蹭,把砚台上干硬的宿墨磨化了,可以写字了而已。不过我们都很喜欢用梧桐叶柄来磨墨,好像这样磨出的墨写出字来特别的好。一到梧桐落叶那几天,我们的书包里都有许多梧桐叶柄,好像这是什么宝贝。对于这样毫不值钱的东西的珍视,是可以不当一回事的么?不啊!这里凝聚着我们对于时序的感情。这是"俺们的秋天"。

一九八八年十一月九日

载一九八九年第一期《散文世界》

草木虫鱼鸟兽

雁

"爬山调":"大雁南飞头朝西……"

诗人韩燕如告诉我,他曾经用心观察过,确实是这样。他惊叹草原人民对生活的观察的准确而细致。他说:"生活!生活!……"

为什么大雁南飞要头朝着西呢?草原上的人说这是依恋故土。"爬山调"是用这样的意思作比喻和起兴的。

"大雁南飞头朝西……"

河北民歌:"八月十五雁门开,孤雁头上带霜来……""孤雁头上带霜来,"这写得多美呀!

琥珀

我在祖母的首饰盒子里找到一个琥珀扇坠。一滴琥珀里有一只小黄蜂。琥珀是透明的，从外面可以清清楚楚地看到黄蜂。触须、翅膀、腿脚，清清楚楚，形态如生，好像它还活着。祖母说，黄蜂正在飞动，一滴松脂滴下来，恰巧把它裹住。松脂埋在地下好多年，就成了琥珀。祖母告诉我，这样的琥珀并非罕见，值不了多少钱。

后来我在一个宾馆的小卖部看到好些人造琥珀的首饰。各种形状的都有，都琢治得很规整，里面也都压着一个昆虫。有一个项链上的淡黄色的琥珀片里竟压着一只蜻蜓。这些昆虫都很完整，不缺腿脚，不缺翅膀，但都是僵直的，缺少生气。显然这些昆虫是弄死了以后，精心地，端端正正地压在里面的。

我不喜欢这种里面压着昆虫的人造琥珀。

我的祖母的那个琥珀扇坠之所以美，是因为它是偶然形成的。

美，多少要包含一点偶然。

瓢虫

瓢虫有好几种，外形上的区别在鞘翅上有多少黑点。这种黑点，昆虫学家谓之"星"。有七星瓢虫、十四星瓢虫、二十星瓢虫……有的瓢虫是益虫，它吃蚜虫，是蚜虫的天敌；有的瓢虫是害虫，吃马铃薯的嫩芽。

瓢虫的样子是差不多的。

中国画里很早就有画瓢虫的了。通红的一个圈点，在绿叶上，很显眼，使画面增加了生趣。

齐白石爱画瓢虫。他用藤黄涂成一个葫芦，上面栖息了一只瓢虫，对比非常鲜明。王雪涛、许麟庐都画过瓢虫。

谁也没有数过画里的瓢虫身上有几个黑点，指出这只瓢虫是害虫还是益虫。

科学和艺术有时是两回事。

瓢虫像一粒用朱漆制成的小玩意。

北京的孩子（包括大人）叫瓢虫为"花大姐"，这个名字很美。

螃蟹

螃蟹的样子很怪。

《梦溪笔谈》载：关中人不识螃蟹。有人收得一只干蟹，人家病疟，就借去挂在门上。——中国过去相信生疟疾是由于疟鬼作祟。门上挂了一只螃蟹，疟鬼不知道这是什么玩意，就不敢进门了。沈括说：不但人不识，鬼亦不识也。"不但人不识，鬼亦不识也"，这说得很幽默！

在拉萨八角街一家卖藏药的铺子里看到一只小螃蟹，蟹身只有拇指大，金红色的，已经干透了，放在一只盘子里。大概西藏人也相信这只奇形怪状的虫子有某种魔力，是能治病的。

螃蟹为什么要横着走呢？

螃蟹的样子很凶恶，很奇怪，也很滑稽。

凶恶和滑稽往往近似。

豆芽

朱小山去点豆子。地埂上都点了，还剩一把，他懒得带回去，就搬起一块石头，把剩下的豆子都塞到石头下面。过了些日子，朱小山发现：石头离开地面了。豆子发了芽，豆芽把石头顶起来了。朱小山非常惊奇。

朱小山为这件事惊奇了好多年。他跟好些人讲起过这件事。

有人问朱小山："你老说这件事是什么意思？是要说明一种什么哲学吗？"

朱小山说："不，我只是想说说我的惊奇。"

过了好些年，朱小山成了一个知名的学者，他回他的家乡去看看。他想找到那块石头。

他没有找到。

落叶

漠漠春阴柳未青,
冻云欲湿上元灯。
行过玉渊潭畔路,
去年残叶太分明。

汽车开过湖边,
带起一群落叶。
落叶追着汽车,
一直追得很远。
终于没有力气了,
又纷纷地停下了。
"你神气什么?
还的的地叫!"
"甭理它。
咱们讲故事。"

"秋天,

早晨的露水……"

啄木鸟

啄木鸟追逐着雌鸟,

红胸脯发出无声的喊叫,

它们一翅飞出树林,

落在湖边的柳梢。

不知从哪里钻出一个孩子,

一声大叫。

啄木鸟吃了一惊,

他身边已经没有雌鸟。

不一会树林里传出啄木的声音,

他已经忘记了刚才的烦恼。

载一九九八年第二期《大家》(有删节)

第二章

我爱这暂时的永久

我爱这种浑然，这种认真其是。
我的心充满了感情，像春一样的柔软。

礼拜天的早晨

礼拜天的早晨

洗澡实在是很舒服的事。是最舒服的事。有什么享受比它更完满，更丰盛，更精致的？——没有，酒，水果，运动，谈话，打猎，——打猎不知道怎么样，我没有打过猎……没有。没有比"浴"更美的字了，多好啊，这么懒洋洋地躺着，把身体交给了水，又厚又温柔，一朵星云浮在火气里。——我什么时候来的？我已经躺了多少时候？——今天是礼拜天！我们整天匆匆忙忙的干什么呢？有什么了不得的事情非做不可呢？——记住送衣服去洗！再不洗不行了，这是最后一件衬衫。今天邮局关得早，我得去寄信。现在——表在口袋里，一定还不到八点罢。邮局四点才关。可是时间不知道怎么就过去了。"吃饭的时候"……"洗脸的时候"……从哪里过去了?——不,今天是礼拜天,杨柳,鸽子,教堂的钟声——教堂的钟声一点也不感动我,我很麻木,没有办法!——今天早晨我看见一棵凤仙花。我还是什么时候看见凤仙花的?凤仙花感动我。早安,凤仙花!澡盆里抽烟总不大方便。烟顶容易沾水,碰一碰就潮了。最严重的失望!把一个人的烟卷浇上水是最残忍的事。很好,我的烟都很好,齐臻臻地排在盒子里,挺直,饱满,有样子。嚓,嚓,嚓,抽出来一支,——舒服!……水是可怕的,不可抵抗,妖法,我沉下去,散开来,融化了。啊——现在只有我的头还没有湿透,里头有许多空隙,可是与我的身体不相属,有点畸零,于是很重。我的身体呢?我的身体已经离得我很遥远了,渺茫了,一个渺茫的记忆,害过脑膜炎抽空了脊髓的痴人的,又固执又空洞。一个空壳子,枯索而生硬,没有汁水,只是一个概念了。我睡了,睡着了,垂着头,像马拉,来不及说一句话。

(……马拉的脸像青蛙。)

我的耳朵底子有点痒,阿呀痒,痒得我不由自主地一摇头。水摇在我的身体里顶秘奥的地方。是水,是——一只知了叫起来,在那棵大树上(槐树,太阳映得叶子一半透明了),在凤仙花上,在我的耳朵里叫起来。无限的一分钟过去了。今天是礼拜天。可怜虫亦可以休矣,都秋天了。邮局四点关门。我好像很高兴,很有精神,很新鲜。是的,虽然我似乎还不大真实。可是我得从水里走出来了。我走出来,走出来了。我的音乐呢?我的音乐还没有凝结。我不等了。

可是我站在我睡着的身上拧毛巾的时候我完全在另一个世界里了。我不知道今天怎么带上两条毛巾,我把两条毛巾裹在一起拧,毛巾很大。

你有过?……一定有过!我们都是那么大起来的,都曾经拧不动毛巾过。那该是几岁上?你的母亲呢?你母亲留给你一些什么记忆?祝福你有好母亲。我没有,我很小就没有母亲。可是我觉得别人给我们洗脸举动都很粗暴。也许母亲不同,母亲的温柔不尽且无边。除了为了虚荣心,很少小孩子不怕洗脸的。不是怕洗脸,怕唤起遗忘的惨切经验,推翻了推翻过的对于人生的最初认识。无法推翻的呀,多么可悲的认识。每一个小孩子都是真正的厌世家。只有接受不断的现实之后他们才活得下来。我们打一开头就没有被当作一回事,于是我们只有坚强,而我们知道我们的武器是沉默。一边我们本着我们的人生观,我们恨着,一边尽让粗蠢的,野蛮的,没有教养的手在我们脸上蹂躏,把我们的鼻子搓来搓去,挖我们的鼻孔,掏我们的耳朵,在我们的皮肤上发泄他们一生的积怨。我们的颚骨在瓷盆边上不停地敲击,我们的脖子拼命伸出去,伸得酸得像一把咸菜,可是我们不说话。

喔，祝福你们有好母亲，我没有，我从来不给我洗脸的人一毫感激。我高兴我没有装假。是的，我是属于那种又柔弱又倔强的性情的。在胰子水辣着我的眼睛，剧烈的摩擦之后，皮肤紧张而兴奋的时候，我有一种英雄式的复仇意识，准备什么都咽在肚里。于是，末了，总有一天，手巾往脸盆里一掼："你自己洗！"

我不用说那种难堪的羞辱，那种完全被击得粉碎的情形你们一定能够懂得。我当时想什么？——死。然而我不能死。人家不让我们死，我不哭。也许我做了几个没有意义的举动，动物性的举动，我猜我当时像一个临枪毙前的人。可是从破碎的动作中，从感觉到那种破碎，我渐渐知道我正在恢复；从颤抖中我知道我要稳定，从瘫软中我站起来，我重新有我的人格，经过一度熬炼的。

可是我的毛巾在手里，我刚才想的什么呢；我跑到夹层里头去了，我只是有一点孤独，一点孤独的苦味甜蜜地泛上来，像土里沁出水分。也许因为是秋天。一点乡愁，就像那棵凤仙花。——可是洗一个脸是多累人的事呀。你只要把洗脸盆搁得跟下巴一样高，就会记起那一个好像已经逝去的阶段了。手巾真大，手指头总是把不牢，使不上劲，挤来挤去，总不对，不是那么回事。这都不要紧。这是一个事实。事实没有要紧的。要紧的是你的不能胜任之感,你的自卑。你觉得你可怜极了。你不喜欢怜悯。——到末了,还是洗了一个半干不湿的脸,永远不痛快,不满足,窝窝囊囊。冷风来一拂,你脸上透进去一层忧愁。现在是九月,草上笼了一层红光了。手巾搭在架子上,一副悲哀的形象。水沿着毛巾边上的须须滴下来,刭——刭——刭——地板上湿了一大块,渐渐地往里头沁,人生多么灰暗。

我看到那个老式的硬木洗脸桌子。形制安排得不大调和。经过这么些时候的折冲,究竟错误在哪一方面已经看不出来了,只是看上去未免僵窘。后面伸起来一个屏架,似乎本是配更大一号的桌子的。几根小圆柱子支住繁重的雕饰。松鼠葡萄。我永远忘不了松鼠的太尖的嘴,身上粗略的几笔象征的毛,一个厚重的尾巴。右边的一只,一个代表。每天早晨我都看它一次。葡萄总是十粒一串,排列是四,三,二,一。每粒一样大。我清清楚楚记得那张桌子的木质,那些纹理,只要远远地让我看到不拘哪里一角我就知道。有时太阳从镂空的地方透过来,斜落在地板上,被来往的人体截断,在那个白地印蓝花的窗帘拉起来的时候。我记得那个厚瓷的肥皂缸,不上釉的牙口摩擦的声音;那些小抽屉上的铜叶瓣,时常嘚嘚地自己敲出声音,地板有点松了;那个嵌在屏架上头的椭圆形大镜子，除了一块走了水银的灰红色云瘢之外什么都看不见。太高了，只照见天花板。——有时爬在凳子上，我们从里头看见这间屋子的某部分的一个特写。我仿佛又在那个坚实，平板，充满了不必要的家具的大房间里了。我在里头住了好些年，一直到我搬到学校的宿舍里去寄宿。……有一张老式的"玻璃灯"挂在天花板上。周围垂下一圈坠子，非常之高贵的颜色。琥珀色的，玫瑰红的，天蓝的，透明的。——透明也是一种颜色。蓝色很深，总是最先看到。所以我有时说及那张灯只说"垂着蓝色的玻璃坠子"，而我不觉得少说了什么。明澈——虽然落上不少灰尘了，含蓄，不动。是的，从来没有一个时候现出一点不同的样子。有一天会被移走么？——喔，完全不可想象的事。就是这么永远的寂然的结挂在那个老地方，深藏，固定，在我童年生活过来的朦胧的房屋之中。——从来没有点过。

……我想到那些木格窗子了，想到窗子外的青灰墙，墙上的漏痕，青苔气味，那些未经一点剧烈的伤残，完全天然销蚀的青灰，露着非常的古厚和不可挽救的衰索之气。我想起下雨之前。想起游丝无力的飘转。想起……可是我一定得穿衣服了。我有点腻。——我喜欢我的这件衬衫。太阳照在我的手上，好干净。今天似乎一切都会不错的样子。礼拜天？

我从心里欢呼出来。我不是很快乐么？是的，在我拧手巾的时候我就知道我很快乐。我想到邮局门前的又安静又热闹的空气，非常舒服的空气，生活，——而抽一根烟的欲望立刻湮没了我，像潮水湮没了沙滩。我笑了。

疯子

我走着走着。……树，树把我覆盖了四步，——地，地面上的天空在我的头上无穷地高。——又是树。秋天了。紫色的野茉莉，印花布。累累的枣子。三轮车鱼似的一摆尾，沉着得劲地一脚蹬下去，平滑地展出去一条路。……啊，从今以后我经常在这条路上走，算是这条路的一个经常的过客了。是的，这条路跟我有关系，我一定要把它弄得很熟的，秋天了，树叶子就快往下掉。接着是冬天。我还没有经历北方的雪。我有点累——什么事？

在这些伫立的脚下，树停止住了。路不把我往前带。车水马龙之间，眼前突然划出了没有时间的一段。我的惰性消失了。人都没有动作，本来不同的都朝着一个方向。我看到一个一个背，跟从他们前面的眼睛摆成一种姿势。几个散学的孩子，他们向后的身躯中留了一笔往前的趋势。他们的书包还没有完全跟过去，为他们的左脚反射上来的一个力量摆在他们的胯骨上。一把小刀系在链子上从中指垂下来，刚刚停止荡动。一条狗耸着耳朵，站得笔直。

"疯子。"

这一声解出了这一群雕像，各人寻回自己从底板上分离。有了中心反而失去中心。不过仍旧凝滞，举步的意念在胫踝之间徘徊。秋天了，树叶子不那么富有弹性了。——疯子为什么可怕呢？这种恐惧是与生俱来的还是只是一种教育？惧怕疯狂与惧怕黑暗，孤独，时间，蛇或者软体动物其原始的程度、强烈的程度有什么不同？在某一点上是否是相通的？他们是直接又深刻的撼荡人的最初的生命意识么？——他来了！他一步一步地走过来，中等身材，衣履还干净，脸上线条圆软，左眼下有一块颇大的疤。可是不仅是这块疤，他一身有说不出来的一种东西向外头放射，像一块炭，外头看起来没有什么，里头全着了，炙手可热，势不可挡。他来了，他直着眼睛走过来，不理会任何人，手指节骨奇怪地紧张。给他让路！不要触到他的带电的锋芒呀。可是——大家移动了，松散了，而把他们的顾盼投抛过去，——指出另一个方向。有疤的人从我身边挨肩而过，我的低沉的脉跳浮升上来，腹皮上的压力一阵云似的舒散了。这个人一点也不疯，跟你，跟我一样。

疯子在哪里呢？人乱了，路恢复了常态，抹去一切，继续前进。一个一个姿势在切断的那一点接上了头。

一九三七年九月，午门

载一九四八年九月《文学杂志》第三卷第六期

道具树

……西长安街。十一点。(钟在什么地方敲。)月和雾,路灯。火车喷着汽,汽笛在天边拉响,在城市之外,又悠又远又安详。汽车缎子似的一曳,一个彩色的半弧,低低地贴着地面,再见,——消失了。三座门一层沉沉的影子,赶不开可是压不住,——一片树叶正在过桥哩。各种声音,柔美,温和,纯熟,依依地显出一片意义。我好像是一个绝域归来的倦客,吃过了又睡过了,第一次观察这个世界,充满清兴的时间,至情的夜。

(日子真不大好过啊,可是灾难这一会儿似乎放开我们了……)

一棵树:满含月光的轻雾里,路灯投下一圈一圈的圆光,一个一个 spot,一棵矮树一半溶在光里了。一片一片浅黄的叶子,纤秀,苗条,(槐树么?)疏疏落落,微微飘动,(冬天,可是风多轻柔,)一片一片叶子如藐水,鲜明极了,空中之色，凭虚而在，卓然的分别于其属冠，而指出枝干的姿势。无比的生动：真实与虚幻相合，真实即虚幻，空气极其清冽，如在湖上，平坦的，远阔的夜啊。晚归的三五成阵的行人都有极好的表情。……

我热爱舞台生活！（什么东西叫我激动起来了。）我将永远无法让你明白那种生活的魅力啊。那是水里的月，而我毫不犹豫用这两个字说明我的感情：醉心。你去试试看，你只要在里头泡过一阵，你就说不出来有一种瘾。这些你是都可以想象得到的：节奏的感觉，形式的完美的感觉，你亲身担当一个匀称和谐的杰作的一笔，你去证明一种东西。艰难的克服和艰难本身加于你的快感；紧张得要命，跟紧张作伴的镇定，甜美的，真是甜美的啊，那种松弛。创造和被创造，什么是真值得快乐的？——胜利，你体验"形成"，形成是一个实实在在的东西。你不能怀疑，虚空的虚空么，好，"咱们台上见！"——你说我说的是戏剧本身，赞美的是演出么？是的，那是该赞美的，凡是弄戏的都有一个当然的信念：一切为了演出。愿我们持有这个信念罢。可是你不是说的是演员？演员有演员的快乐，但是我们今天暂时不提及属于个人部分的东西。整个的。从一个剧本的"来到我们手里"，到拆台，到最后一个戴起帽子，扣好衣服，点起一根烟，从后楼上窗户斜射到又空又大的池座中的阳光中走出来，惆怅又轻松，依依的别意，离开戏园子，这个家，为止。每一个时候你都觉得有所为，清清楚楚地知道你存在的意义。你在一个宏壮的集合之中，像潮水，一起向前；而每个人是一个象征。我唯在戏剧圈子里面见过真正的友谊。在每个人都站在戏剧之中的时候，真是和衷共济，大家都能为别人想，都恳切。人是个什么样的人，在那种时候看得最清楚，而好多人在弄戏的时候，常与在"外面"不一样。于是坦荡，于是脱俗，于是，快乐了。忙是真忙呀，身体四肢，双手大脑，一齐并用，可喜的是，你觉得你早应当疲倦的时候你还有精力，于是你知道你平常的疲倦都因为烦闷，你看懂疲倦了。烟是个烟，水是杯水，一切那么"是个味儿"，一切姿势都可感，一切姿势都是充分的。……

（喔，我离开那种生活日子已久了，你看……）

一直到戏"搬出来"。戏在台上演，在"完全良好"的情形下进行，你听，真静，鸦雀无声！多广大呀，多丰满呀！你直接走到戏剧里面，贴到戏剧顶内在，顶深秘的东西，戏剧的本质了，一朵花在展开，一脉泉在涌动，一缕风在轻轻运送。我爱轻手轻脚的——说不出的小心，轻微，从布景后面纵横复杂的铁架子之间走过，站一站，看一看从前面透过的光，一个花盆或者别的东西印在布景上的影子，默念台上的动作，表情，然后从两句已经永不走样的戏词之间溜下来。

我每天都要走这么一两趟，我的心充满了感情，像春一样的柔软。

而我爱在杂乱的道具室里休息。爱在下一幕要搬上去的沙发里躺一躺，爱看前一幕撤下来的书架上的书。我爱这些奇异的配合，特殊的秩序，这些因为需要而凑在一起的不同。这些不同时代，不同作风，属于不同社会，不同的人的形形色色，环绕在我身旁，不但不倾轧，不矛盾，而且还会流通起来，形成一场盛宴。我爱这么搬来搬去，这种不定，这种暂时的永久。我爱这种浑然，这种认真其是，这种庄严的做作。我爱在一棵伪装的，钉着许多木条，叶子已经半干，杆子只有半片的，不伦不类，样子滑稽的树底下坐下来，抽烟，思索。我的思想跟在任何一棵树下没有什么不同。而且，我简直要说，不是任何一棵树下所能有的，那么清醒，那么流动，那么纯净无滓。

（喔，我需要一棵树。现在，——每一个时候……）

载一九四八年十一月二十八日《大公报》

无事此静坐

我的外祖父治家整饬,他家的房屋都收拾得很清爽,窗明几净。他有几间空房,檐外有几棵梧桐,室内木榻、漆桌、藤椅。这是他待客的地方。但是他的客人很少,难得有人来。这几间房子是朝北的,夏天很凉快。南墙挂着一条横幅,写着五个正楷大字:

"无事此静坐"

我很欣赏这五个字的意思。稍大后,知道这是苏东坡的诗,下面的一句是:

"一日当两日"

事实上,外祖父也很少到这里来。倒是我常常拿了一本闲书，悄悄走进去，坐下来一看半天。看起来，我小小年纪，就已经有一点隐逸之气了。

静，是一种气质，也是一种修养。诸葛亮云："非淡泊无以明志，非宁静无以致远。"心浮气躁，是成不了大气候的。静是要经过锻炼的，古人叫作"习静"。唐人诗云："山中习静朝观槿，松下清斋折露葵。""习静"可能是道家的一种功夫，习于安静确实是生活于扰攘的尘世中人所不易做到的。静，不是一味地孤寂，不闻世事。我很欣赏宋儒的诗："万物静观皆自得，四时佳兴与人同。"唯静，才能观照万物，对于人间生活充满盎然的兴致。静是顺乎自然，也是合乎人道的。

世界是喧闹的。我们现在无法逃到深山里去，唯一的办法是闹中取静。毛主席年轻时曾采取了几种锻炼自己的方法，一种是"闹市读书"。把自己的注意力高度集中起来，不受外界干扰，我想这是可以做到的。

这是一种习惯，也是环境造成的。我下放张家口沙岭农业科学研究所劳动，和三十几个农业工人同住一屋。他们吵吵闹闹，打着马锣唱山西梆子，我能做到心如止水，照样看书、写文章。我有两篇小说，就是在震耳的马锣声中写成的。这种功夫，多年不用，已经退步了。我现在写东西总还是希望有个比较安静的环境，但也不必一定要到海边或山边的别墅中才能构思。

大概有十多年了，我养成了静坐的习惯。我家有一对旧沙发，有几十年了。我每天早上泡一杯茶，点一支烟，坐在沙发里，坐一个多小时。虽是犹然独坐，然而浮想联翩。一些故人往事，一些声音、一些颜色、一些语言、一些细节，会逐渐在我的眼前清晰起来，生动起来。这样连续坐几个早晨，想得成熟了，就能落笔写出一点东西。我的一些小说散文，常得之于清晨静坐之中。曾见齐白石一幅小画，画的是淡蓝色的野藤花，有很多小蜜蜂，有颇长的题记，说这是他家的野藤，花时游蜂无数，他有个孙子曾被蜂螫，现在这个孙子也能画这种藤花了。最后两句我一直记得很清楚："静思往事，如在目底。"这段题记是用金冬心体写的，字画皆极娟好。"静思往事，如在目底"，我觉得这是最好的创作心理状态。就是下笔的时候，也最好心里很平静，如白石老人题画所说："心闲气静时一挥。"

我是个比较恬淡平和的人，但有时也不免浮躁，最近就有点如我家乡话所说"心里长草"。我希望政通人和，使大家能安安静静坐下来，想一点事，读一点书，写一点文章。

一九八九年八月十六日

载一九八九年十月十八日《消费时报》

随遇而安

我当了一回右派，真是三生有幸。要不然我这一生就更加平淡了。

我不是一九五七年打成右派的，是一九五八年"补课"补上的，因为本系统指标不够。划右派还要有"指标"，这也有点奇怪。这指标不知是一个什么人所规定的。

一九五七年我曾经因为一些言论而受到批判，那是作为思想问题来批判的。在小范围内开了几次会，发言都比较温和，有的甚至可以说很亲切。事后我还是照样编刊物，主持编辑部的日常工作，还随单位的领导和几个同志到河南林县调查过一次民歌。那次出差，给我买了一张软席卧铺车票，我才知道我已经享受"高干"待遇了。第一次坐软卧，心里很不安。我们在洛阳吃了黄河鲤鱼，随即到林县的红旗渠看了两三天。凿通了太行山，把漳河水引到河南来，水在山腰的石渠中活活地流着，很叫人感动。收集了不少民歌。有的民歌很有农民式的浪漫主义的想象，如想到将来渠里可以有"水猪""水羊"，想到将来少男少女都会长得很漂亮。上了一次中岳嵩山。这里运载石料的交通工具主要是用人力拉的排子车，特别处是在车上装了一面帆，布帆受风，拉起来轻快得多。帆本是船上用的，这里却施之陆行的板车上，给我十分新鲜的印象。我们去的时候正是桐花盛开的季节，漫山遍野摇曳着淡紫色的繁花，如同梦境。从林县出来，有一条小河。河的一面是峭壁，一面是平野，岸边密植杨柳，河水清澈，沁人心脾。我好像曾经见过这条河，以后还会看到这样的河。这次旅行很愉快，我和同志们也相处得很融洽，没有一点隔阂，一点别扭。这次批判没有使我觉得受了伤害，没有留下阴影。

一九五八年夏天，一天（我这人很糊涂，不记日记，许多事都记不准时间），我照常去上班，一上楼梯，过道里贴满了围攻我的大字报。要拔掉编辑部的"白旗"，措辞很激烈，已经出现"右派"字样。我顿时傻了。运动，都是这样：突然袭击。其实背后已经策划了一些日子，开了几次会，做了充分的准备，只是本人还蒙在鼓里，什么也不知道。这可以说是暗算。但愿这种暗算以后少来，这实在是很伤人的。如果当时量一量血压，一定会猛然增高。我是有实际数据的。"文化大革命"中我一天早上看到一批侮辱性的大字报，到医务所里量了血压，低压110，高压170。平常我的血压是相当平稳正常的：90～130。我觉得卫生部应该发一个文件：为了保障人民的健康，不要再搞突然袭击式的政治运动。

开了不知多少次批判会。所有的同志都发了言。不发言是不行的。我规规矩矩地听着，记录下这些发言。这些发言我已经完全都忘了，便是当时也没有记住，因为我觉得这好像不是说的我，是说的另外一个别的人，或者是一个根本不存在的，假设的，虚空的对象。有两个发言我还留下印象。我为一组义和团故事写过一篇读后感，题目是《仇恨·轻蔑·自豪》。这位同志说："你对谁仇恨？轻蔑谁？自豪什么？"我发表过一组极短的诗，其中有一首《早春》，原文如下：

（新绿是朦胧的，飘浮在树梢，完全不像是叶子……）
远树绿色的呼吸。

批判的同志说："连呼吸都是绿的了，你把我们的社会主义社会诬蔑到了什么程度？！"听到这样的批判，我只有停笔不记，愣在那里。我想辩解两句，行么？当时我想：鲁迅曾说费厄泼赖应该缓行，现在本来应该到了可行的时候，但还是不行。中国大概永远没有费厄的时候。所谓"大辩论"，其实是"大辩认"，他辩你认。稍微辩解，便是"态度问题"。

态度好，问题可以减轻；态度不好，加重。问题是问题，态度是态度，问题大小是客观存在，怎么能因为态度如何而膨大或收缩呢？许多错案都是因为本人为了态度好而屈认，而造成的。假如再有运动（阿弥陀佛，但愿真的不再有了），对实事求是、据理力争的同志应予表扬。

开了多次会，批判的同志实在没有多少可说的了。那两位批判"仇恨、轻蔑、自豪"和"绿色的呼吸"的同志当然也知道这样的批判是不能成立的。批判"绿色的呼吸"的同志本人是诗人，他当然知道诗是不能这样引申解释的。他们也是没话找话说，不得已。我因此觉得开批判会对被批判者是过关，对批判者也是过关。他们也并不好受。因此，我当时就对他们没有怨恨，甚至还有点同情。我们以前是朋友，以后的关系也不错。我记下这两个例子，只是说明批判是一出荒诞戏剧，如莎士比亚说，所有的上场的人都只是角色。

我在一篇写右派的小说里写过："写了无数次检查，听了无数次批判……她不再觉得痛苦，只是非常地疲倦。她想：定一个什么罪名，给一个什么处分都行，只求快一点，快一点过去，不要再开会，不要再写检查。"这是我的亲身体会。其实，问题只是那一些，只要写一次检查，开一次会，甚至一次会不开，就可以定案。但是不，非得开够了"数"不可。原来运动是一种疲劳战术，非得把人搞得极度疲劳，身心交痒，丧失一切意志，瘫软在地上不可。我写了多次检查，一次比一次更没有内容，更不深刻，但是我知道，就要收场了，因为大家都累了。

结论下来了：定为一般右派，下放农村劳动。

我当时的心情是很复杂的。我在那篇写右派的小说里写道："……她带着一种奇怪的微笑。"我那天回到家里，见到爱人说，"定成右派了"，脸上就是带着这种奇怪的微笑的。我也不知道我为什么要笑。

我想起金圣叹。金圣叹在临刑前给人写信，说："杀头，至痛也，而圣叹于无意中得之，亦奇。"有人说这不可靠。金圣叹给儿子的信中说："字谕大儿知悉，花生米与豆腐干同嚼，有火腿滋味。"有人说这更不可靠。我以前也不大相信，临刑之前，怎能开这种玩笑？现在，我相信这是真实的。人到极其无可奈何的时候，往往会生出这种比悲号更为沉痛的滑稽感。鲁迅说金圣叹"化屠夫的凶残为一笑"，鲁迅没有被杀过头，也没有当过右派，他没有这种体验。

另一方面，我又是真心实意地认为我是犯了错误，是有罪的，是需要改造的。我下放劳动的地点是张家口沙岭子。离家前我爱人单位正在搞军事化，受军事训练，她不能请假回来送我。我留了一个条子："等我五年，等我改造好了回来。"就背起行李，上了火车。

右派的遭遇各不相同，有幸有不幸。我这个右派算是很幸运的，没有受多少罪，我下放的单位是一个地区性的农业科学研究所。所里有不少技师、技术员，所领导对知识分子是了解的，只是在干部和农业工人的组长一级介绍了我们的情况（和我同时下放到这里的还有另外几个人），并没有在全体职工面前宣布我们的问题。不少农业工人（也就是农民）不知道我们是来干什么的，只说是毛主席叫我们下来锻炼锻炼的。因此，我们并未受到歧视。

初干农活，当然很累。像起猪圈、刨冻粪这样的重活，真够一呛。我这才知道"劳动是沉重的负担"这句话的意义。但还是咬着牙挺过来了。我当时想：只要我下一步不倒下来，不死掉，我就得拼命地干。大部分的农活我都干过，力气也增长了，能够扛一百七十斤重的一麻袋粮食稳稳地走上和地面成四十五度角那样陡的高跳。后来相对固定在果园上班。果园的活比较轻松，也比"大田"有意思。最常干的活是给果树喷波尔多液。硫酸铜加石灰，兑上适量的水，便是波尔多液，颜色浅蓝如晴空，很好看。喷波尔多液是为了防治果树病害，是常年要喷的。喷波尔多液是个细致活。不能喷得太少，太少了不起作用；不能太多，太多了果树叶子挂不住，流了。叶面、叶背都得喷到。许多工人没这个耐心，于是喷波尔多液的工作大部分落在我的头上，我成了喷波尔多液的能手。喷波尔多液次数多了，我的几件白衬衫都变成了浅蓝色。

我们和农业工人干活在一起，吃住在一起。晚上被窝挨着被窝睡在一铺大炕上。农业工人在枕头上和我说了一些心里话，没有顾忌。我这才比较切近地观察了农民，比较知道中国的农村、中国的农民是怎么一回事。这对我确立以后的生活态度和写作态度是很有好处的。

我们在下面也有文娱活动。这里兴唱山西梆子（中路梆子），工人里不少都会唱两句。我去给他们化妆。原来唱旦角的都是用粉妆——鹅蛋粉、胭脂、黑锅烟子描眉。我改成用戏剧油彩，这比粉妆要漂亮得多。我勾的脸谱比张家口专业剧团的"黑"（山西梆子谓花脸为"黑"）还要干净讲究。遇春节，沙岭子堡（镇）闹社火，几个年轻的女工要去跑旱船，我用油底浅妆把她们一个个打扮得如花似玉，轰动一堡，几个女工高兴得不得了。我们和几个职工还合演过戏，我记得演过的有小歌剧《三月三》、崔嵬的独幕话剧《十六条枪》。一年除夕，在"堡"里演话剧，海报上特别标出一行字：

台上有布景

这里的老乡还没有见过个布景。这布景是我们指导着一个木工做的。演完戏,我还要赶火车回北京。我连妆都没卸干净,就上了车。

一九五九年底给我们几个人做鉴定,参加的有工人组长和部分干部。工人组长一致认为:老汪干活不藏奸,和群众关系好,"人性"不错,可以摘掉右派帽子。所领导考虑,才下来一年,太快了,再等一年吧。这样,我就在一九六〇年在交了一个思想总结后,经所领导宣布:摘掉右派帽子,结束劳动。暂时无接收单位,在本所协助工作。

我的"工作"主要是画画。我参加过地区农展会的美术工作(我用多种土农药在展览牌上粘贴出一幅很大的松鹤图,色调古雅,这里的美术中专的一位教员曾特别带着学生来观摩);我在所里布置过"超声波展览馆"("超声波"怎样用图像表现?声波是看不见的,没有办法,我就画了农林牧副渔多种产品,上面一律用圆规蘸白粉画了一圈又一圈同心圆)。我的"巨著",是画了一套《中国马铃薯图谱》。这是所里给我的任务。

这个所有一个下属单位"马铃薯研究站",设在沽源。为什么设在沽源?沽源在坝上,是高寒地区(有一年下大雪,沽源西门外的积雪跟城墙一般高)。马铃薯本是高寒地带的作物。马铃薯在南方种几年,就会退化,需要到坝上调种。沽源是供应全国薯种的基地,研究站设在这里,理所当然。这里集中了全国各地、各个品种的马铃薯，不下百来种，我在张家口买了纸、颜色、笔，带了在沙岭子新华书店买得的《癸巳类稿》《十驾斋养新录》和两册《容斋随笔》（沙岭子新华书店进了这几种书也很奇怪，如果不是我买，大概永远也卖不出去），就坐长途汽车，奔向沽源，其时在八月下旬。

我在马铃薯研究站画《图谱》，真是神仙过的日子。没有领导，不用开会，就我一个人，自己管自己。这时正是马铃薯开花，我每天蹚着露水，到试验田里摘几丛花，插在玻璃杯里，对着花描画。我曾经给北京的朋友写过一首长诗，叙述我的生活。全诗已忘，只记得两句：

坐对一丛花，
眸子炯如虎。

下午，画马铃薯的叶子。天渐渐凉了，马铃薯陆续成熟，就开始画薯块。画一个整薯，还要切开来画一个剖面。一块马铃薯画完了，薯块就再无用处，我于是随手埋进牛粪火里，烤烤，吃掉。我敢说，像我一样吃过那么多品种马铃薯的，全国盖无第二人。

沽源是绝塞孤城。这本来是一个军台。清代制度，大臣犯罪，往往由帝皇批示"发往军台效力"，这处分比充军要轻一些（名曰"效力"，实际上大臣自己并不去，只是闲住在张家口，花钱雇一个人去军台充数）。我于是在《容斋随笔》的扉页上，用朱笔画了一方图章，文曰：

效力军台

白天画画，晚上就看我带去的几本书。

一九六二年年初，我调回北京，在北京京剧团担任编剧，直至离休。

摘掉右派分子帽子，不等于不是右派了。"文革"期间，有人来外调，我写了一个旁证材料。人事科的同志在材料上加了批注：

该人是摘帽右派。所提供情况，仅供参考。

我对"摘帽右派"很反感，对"该人"也很反感。"该人"跟"该犯"差不了多少。我不知道我们的人事干部从什么地方学来的这种带封建意味的称谓。

"文化大革命"，我是本单位第一批被揪出来的，因为有"前科"。

"文革"期间给我贴的大字报,标题是:

老右派,新表演

我搞了一些时期"样板戏",江青似乎很赏识我,于是忽然有一天宣布:"汪曾祺可以控制使用。"这主要当然是因为我曾是右派。在"控制使用"的压力下搞创作,那滋味可想而知。

一直到一九七九年给全国绝大多数右派分子平反,我才算跟右派的影子告别。我到原单位去交材料,并向经办我的专案的同志道谢:"为了我的问题的平反,你们做了很多工作,麻烦你们了,谢谢!"那几位同志说:"别说这些了吧!二十年了!"

有人问我:"这些年你是怎么过来的?"他们大概觉得我的精神状态不错,有些奇怪,想了解我是凭仗什么力量支持过来的。我回答:

"随遇而安。"

丁玲同志曾说她从被划为右派到北大荒劳动,是"逆来顺受"。我觉得这太苦涩了,"随遇而安",更轻松一些。"遇",当然是不顺的境遇,"安",也是不得已。不"安",又怎么着呢?既已如此,何不想开些。如北京人所说:"哄自己玩儿"。当然，也不完全是哄自己。生活，是很好玩的。

随遇而安不是一种好的心态，这对民族的亲和力和凝聚力是会产生消极作用的。这种心态的产生，有历史的原因（如受老庄思想的影响），本人气质的原因（我就不是具有抗争性格的人），但是更重要的是客观，是"遇"，是环境的，生活的，尤其是政治环境的原因。中国的知识分子是善良的。曾被打成右派的那一代人，除了已经死掉的，大多数都还在努力地工作。他们的工作的动力，一是要证实自己的价值。人活着，总得做一点事。二是对生我养我的故国未免有情。但是，要恢复对在上者的信任，甚至轻信，恢复年轻时的天真的热情，恐怕是很难了。他们对世事看淡了，看透了，对现实多多少少是疏离的。受过伤的心总是有璺的。人的心，是脆的。

这是没有办法的事。

为政临民者，可不慎乎。

一九九一年一月三十一日

载一九九一年第二期《收获》

观音寺

我在观音寺住过一年。观音寺在昆明北郊，是一个荒村，没有什么寺。——从前也许有过。西南联大有几个同学，心血来潮，办了一所中学。他们不知通过什么关系，在观音寺找了一处校址。这原是资源委员会存放汽油的仓库，废弃了。我找不到工作，闲着，跟当校长的同学说一声，就来了。这个汽油仓库有几间比较大的屋子，可以当教室，有几排房子可以当宿舍，倒也像那么一回事。房屋是简陋的，瓦顶、土墙，窗户上没有玻璃。——那些五十三加仑的汽油桶是不怕风雨的。没有玻璃有什么关系！我们在联大新校舍住了四年，窗户上都没有玻璃。在窗格上糊了桑皮纸，抹一点青桐油，亮堂堂的，挺有意境。教员一人一间宿舍，室内床一、桌一、椅一。还要什么呢？挺好。每个月还有一点微薄的薪水，饿不死。

这地方是相当野的。我来的前一学期,有一天,薄暮,有一个赶马车的被人捅了一刀,——昆明市郊之间通马车,马车形制古朴,一个有篷的车厢,厢内两边各有一条木板,可以坐八个人。马车和身上的钱都被抢去了,他手里攥着一截突出来的肠子,一边走,一边还问人:"我这是什么?我这是什么?"

因此这个中学里有几个校警,还有两支老旧的七九步枪。

学校在一条不宽的公路边上,大门朝北。附近没有店铺,也不见有人家。西北围墙外是一个孤儿院。有二三十个孩子,都挺瘦。有一个管理员。这位管理员不常出来,不知道是什么样子,但是他的声音我们很熟悉。他每天上午、下午都要教这些孤儿唱戏。他大概是云南人,教唱的却是京戏。而且老是那一段:《武家坡》。他唱一句,孤儿们跟着唱一句。"一马离了西凉界,"——"一马离了西凉界";"不由人一阵阵泪洒胸怀,"——"不由人一阵阵泪洒胸怀"。听了一年《武家坡》,听得人真想泪洒胸怀。

孤儿院的西边有一家小茶馆,卖清茶,葵花子,有时也有两块芙蓉糕。还卖市酒。昆明的白酒分升酒(玫瑰重升)和市酒。市酒是劣质白酒。

再往西去,有一个很奇怪的单位,叫作"灭虱站"。这还是一个国际性的机构，是美国救济总署办的，专为国民党的士兵消灭虱子。我们有时看见一队士兵开进大门，过了一会儿，我们在附近散了一会儿步之后，又看见他们开了出来。听说这些兵进去，脱光衣服，在身上和衣服上喷一种什么药粉，虱子就灭干净了。这有什么用呢？过几天他们还不是浑身又长出虱子来了吗？

我们吃了午饭、晚饭常常出去散步。大门外公路对面是一大片农田。田里种的不是稻麦，却是胡萝卜。昆明的胡萝卜很好，浅黄色，粗而且长，细嫩多水分，味微甜。联大学生爱买了当水果吃，因为很便宜。女同学尤其爱吃，因为据说这种胡萝卜含少量的砒，吃了可以驻颜。常常看见几个女同学一人手里提了一把胡萝卜。到了宿舍里，嘎吱嘎吱地嚼。胡萝卜田是很好看的。胡萝卜叶子琐细，颜色浓绿，密密地，把地皮盖得严严的，说它是"堆锦积绣"，毫不为过。再往北，有一条水渠。渠里不常有水。渠沿两边长了很多木香花。开花的时候白灿灿的耀人眼目，香得不得了。

学校后面——南边是一片丘陵。山上有一口池塘。这池塘下面大概有泉眼，所以池水常满，很干净。这样的池塘按云南人的习惯应该叫作"龙潭"。龙潭里有鱼，鲫鱼。我们有时用自制的鱼竿来钓鱼。这里的鱼未经人钓过，很易上钩。

坐在这样的人迹罕到的池边，仰看蓝天白云，俯视钓丝，不知身在何世。

东面是坟。昆明人家的坟前常有一方平地，大概是为了展拜用的。有的还有石桌石凳，可以坐坐。这里有一些矮柏树，到处都是蓝色的野菊花和报春花。这种野菊花非常顽强，连根拔起来养在一个破钵子里，可以开很长时间的花。这里后来成了美国兵开着吉普带了妓女来野合的场所。每到月白风清的夜晚，就可以听到公路上不断有吉普车的声音。美国兵野合，好像是有几个集中的地方的，并不到处撒野。他们不知怎么看中了这个地方。他们扔下了好多保险套，白花花的，到处都是。后来我们就不大来了。这个玩意，总是不那么雅观。

我们的生活很清简。教书、看书，打桥牌，聊大天。吃野菜，吃灰菜、野苋菜。还吃一种叫作豆壳虫的甲虫。我在小说《老鲁》里写的，都是真事。喔，我们还演过话剧，《雷雨》，师生合演。演周萍的叫王惠。这位老兄一到了台上简直是晕头转向。他站错了地位，导演着急，在布景后面叫他："王惠，你过来！"他以为是提词，就在台上大声嚷嚷："你过来！"弄得同台的演员莫名其妙。他忘了词，无缘无故在台上大喊："鲁贵！"我演鲁贵，心说：坏了，曹禺的剧本里没有这一段呀！没法子，只好上去，没话找话："大少爷，您明儿到矿上去，给您预备点什么早点？煮几个鸡蛋吧！"他总算明白过来了："好，随便，煮鸡蛋！去吧！"

生活清贫，大家倒没有什么灾病。王惠得了一次破伤风，——打篮球碰破了皮，感染了。有一个姓董的同学和另一个同学搭一辆空卡车进城。那个同学坐在驾驶仓里，他靠在卡车后面的挡板上，挡板的铁闩松开了，他摔了下去，等找到他的时候，坏了，他不会说中国话了，只会说英语，而且只有两句："I am cold, I am hungry."（我冷，我饿。）翻来覆去，说个不停。这二位都治好了。我们那时都年轻，很皮实，不太容易被疾病打倒。

炮仗响了。日本投降那天，昆明到处放炮仗，昆明人就把抗战胜利叫作"炮仗响了"。这成了昆明人计算时间的标记，如："那会儿炮仗还没响"，"这是炮仗响了之后一个月的事情"。大后方的人纷纷忙着"复员"，我们的同学也有的联系汽车，计划着"青春作伴好还乡"。有些因为种种原因，一时回不去，不免有点恓恓惶惶。有人抄了一首唐诗贴在墙上：

故园东望路漫漫，
双袖龙钟泪不干。
马上相逢无纸笔，
凭君传语报平安。

诗很对景，但是心情其实并不那样酸楚。昆明的天气这样好，有什么理由急于离开呢？这座中学后来迁到篆塘到大观楼之间的白马庙，我在白马庙又接着教了一年，到一九四六年八月，才走。

载一九八七年第六期《滇池》

岁朝清供

"岁朝清供"是中国画家爱画的画题。明清以后画这个题目的尤其多。任伯年就画过不少幅。画里画的、实际生活里供的，无非是这几样：天竹果、腊梅花、水仙。有时为了填补空白，画里加两个香橼。"橼"谐音圆，取其吉利。水仙、腊梅、天竹，是取其颜色鲜丽。隆冬风厉，百卉凋残，晴窗坐对，眼目增明，是岁朝乐事。

我家旧园有腊梅四株，主干粗如汤碗，近春节时，繁花满树。这几棵腊梅磬口檀心，本来是名贵的，但是我们那里重白心而轻檀心，称白心者为"冰心"，而给檀心的起一个不好听的名字："狗心"。我觉得狗心腊梅也很好看。初一一早，我就爬上树去，选择一大枝——要枝子好看，花蕾多的，拗折下来——腊梅枝脆，极易折，插在大胆瓶里。这枝腊梅高可三尺，很壮观。天竹我们家也有一棵，在园西墙角。不知道为什么总是长不大，细弱伶仃，结果也少。我不忍心多折，只是剪两三穗，插进胆瓶，为腊梅增色而已。

我走过很多地方，像我们家那样粗壮的腊梅还没有见过。

在安徽黟县参观古民居，几乎家家都有两三丛天竹。有一家有一棵天竹，结了那么多果子，简直是岂有此理！而且颜色是正红，一般天竹果都偏一点紫。我驻足看了半天，已经走出门了，又回去看了一会儿。大概黟县土壤气候特宜天竹。

在杭州茶叶博物馆，看见一个山坡上种了一大片天竹。我去时不是结果的时候，不能断定果子是什么颜色的，但看梗干枝叶都作深紫色，料想果子也是偏紫的。

任伯年画天竹，果极繁密。齐白石画天竹，果较疏，粒大，而色近朱红。叶亦不作羽状。或云此别是一种，湖南人谓之草天竹，未知是否。

养水仙得会"刻"，否则叶子长得很高，花弱而小，甚至花未放蕾即枯瘪。但是画水仙都还是画完整的球茎，极少画刻过的，即福建画家郑乃珖也不画刻过的水仙。刻过的水仙花美，而形态不入画。

北京人家春节供腊梅、天竹者少，因不易得。富贵人家常在大厅里摆两盆梅花（北京谓之"干枝梅"，很不好听），在泥盆外加开光丰彩或景泰蓝套盆，很俗气。

穷家过年，也要有一点颜色。很多人家养一盆青蒜。这也算代替水仙了吧。或用大萝卜一个，削去尾，挖去肉，空壳内种蒜，铁丝为箍，以线挂在朝阳的窗下，蒜叶碧绿，萝卜皮通红，萝卜缨翻卷上来，也颇悦目。

广州春节有花市，四时鲜花皆有。曾见刘旦宅画"广州春节花市所见"，画的是一个少妇的背影，背兜里背着一个娃娃，右手抱一大束各种颜色的花，左手拈花一朵，微微回头逗弄娃娃。少妇着白上衣，银灰色长裤，身材很苗条，穿浅黄色拖鞋。轻轻两笔，勾出小巧的脚跟，很美。这幅画最动人之处，正在脚跟两笔。

这样鲜艳的繁花，很难说是"清供"了。

曾见一幅旧画：一间茅屋，一个老者手捧一个瓦罐，内插梅花一枝，正要放到案上，题目："山家除夕无他事，插了梅花便过年"。这才真是"岁朝清供"！

一九九二年十二月三十一日

书画自娱

《中国作家》将在封二发作家的画,拿去我的一幅,还要写几句有关"作家画"的话,写了几句诗:

我有一好处,平生不整人。
写作颇勤快,人间送小温。
或时有佳兴,伸纸画芳春。
草花随目见,鱼鸟略似真。
唯求俗可耐,宁计故为新。
只可自怡悦,不堪持赠君。
君若亦欢喜,携归尽一樽。

诗很浅显,不须注释,但可申说两句。给人间送一点小小的温暖,这大概可以说是我的写作的态度。我的画画,更是遣兴而已。我很欣赏宋人诗："四时佳兴与人同"。人活着，就得有点兴致。我不会下棋，不爱打扑克、打麻将，偶尔喝了两杯酒，一时兴起，便裁出一张宣纸，随意画两笔。所画多是"芳春"——对生活的喜悦。我是画花鸟的，所画的花都是平常的花。北京人把这样的花叫"草花"。我是不种花的，只能画我在街头、陌上、公园里看得很熟的花。我没有画过素描，也没有临摹过多少徐青藤、陈白阳，只是"以意为之"。我很欣赏齐白石的话："太似则媚俗，不似则欺世"。我画鸟，我的女儿称之为"长嘴大眼鸟"。我画得不大像，不是有意求其"不似"，实因功夫不到，不能似耳。但我还是希望能"似"的。当代"文人画"多有烟云满纸，力求怪诞者，我不禁要想起齐白石的话，这是不是"欺世"？"说了归齐"（这是北京话），我的画画，自娱而已。"只可自怡悦，不堪持赠君"，是照搬了陶弘景的原句。我近曾到永嘉去了一次，游了陶公洞，觉得陶弘景是个很有意思的人。他是道教的重要人物，其思想的基础是老庄，接受了神仙道教影响，又吸取佛教思想，他又是个药物学家，且擅长书法，他留下的诗不多，最著名的是《诏问山中何所有》：

山中何所有？
岭上多白云。

只可自怡悦,

不堪持赠君。

一个人一辈子留下这四句诗,也就可以不朽了。我的画,也只是白云一片而已。

一九九二年一月八日

载一九九二年二月一日《新民晚报》

理发师

我有个长辈,每剪一次指甲,总好好地保存起来。我于是总怕他死。人死了,留下一堆指甲,多恶心的事!这种心理真是难于了解。人为什么对自己身上长出来的东西那么爱惜呢?也真是怪,说起鬼物来,尤其是书上,都有极长的指甲。这大概中外都差不多。同样也是长的,是头发。头发指甲之所以可怕,大概正因为是表示生命的(有人告诉我,死了之后指甲头发都还能长)。人大概隐隐中有一种对生命的恐惧。于是我想起自己的不爱理发,我一觉察我的思想要引到一个方向去,且将得到一个什么不通的结论,我就赶紧把它叫回来。没有那个事,我之不理发与生啊死的都无关系。

也不知是谁给理发店定了那么个特别标记,一根圆柱上画出红蓝白三色相间的旋纹。这给人一种眩晕感觉。若是通上电,不歇地转,那就更教人不舒服。这自然让你想起生活的纷扰来。但有一次我真叫这东西给了我欢喜。一天晚上,铺子都关了，街上已断行人，路灯照着空荡荡的马路，而远远的一个理发店标记在冷静之中孤零零地动。这一下子把你跟世界拉得很近，犹如大漠孤烟。理发店的标记与理发店是一个巧合。这个东西的来源如何，与其问一个社会人类学专家，不如请一个诗人把他的想象告诉我们。这个东西很能说明理发店的意义，不论哪一方面的。我大概不能住在木桶里晒太阳，我不想建议把天下理发店都取消。

理发这一行，大概由来颇久，是一种很古的职业。我颇欲知道他们的祖师是谁，打听迄今，尚未明白。他们的社会地位，本来似乎不大高。凡理发师，多世代相承，很少改业出头的。这是一种注定的卑微了。所以一到过年，他们门楣上多贴"顶上生涯"四字，这是一种消极反抗，也正宣说出他们的委屈。别的地方怎样的，我不清楚，我们那里理发师大都兼做吹鼓手。凡剃头人家子弟必先练习敲铜锣手鼓，跟在喜丧阵仗中走个几年，到会吹唢呐笛子时，剃头手艺也同时学成了。吹鼓手呢，更是一种供驱走人物了，是姑娘们所不愿嫁的。故乡童谣唱道：

姑娘姑娘真不丑，
一嫁嫁个吹鼓手，
吃人家饭，喝人家酒，

坐人家大门口!

其中"吃人家饭,喝人家酒",也有唱为"吃冷饭,吃冷酒"的,我无从辨订到底该怎样的。且刻画各有尖刻辛酸,亦难以评其优劣,自然理发师(即吹鼓手)老婆总会娶到一个的,而且常常年轻好看。原因是理发师都干干净净,会打扮收拾;知音识曲,懂得风情;且生活磨炼,脾性柔和;谨谨慎慎的,穿吃不会成大问题,聪明的女孩子愿意嫁这么一个男人的也有。并多能敬重丈夫,不以坐人家大门口为意。若在大街上听着他在队仗中滴溜溜吹得精熟出色,心里可能还极感激快慰。事实上这个职业被目为低贱,全是一个错误制度所产生的荒谬看法。一个职业,都有它的高贵。理发店的春联"走进来乌纱宰相,摇出去白面书生",文雅一点的那是"不教白发催人老,更喜春风满面生",说得切当。小时候我极高兴到一个理发店里坐坐,他们忙碌时我还为拉那种纸糊的风扇。小时候我对理发店是喜欢的。

等我岁数稍大,世界变了,各种行业也跟着变。社会已不复是原来的社会,差异虽不太大,亦不为小。其间有些行业升腾了,有些低落下来。有些名目虽一般,性质却已改换。始终依父兄门风,师傅传授,照老法子工作,老法子生活的,大概已颇不多。一个内地小城中也只有铜匠的、锡匠的特别响器，瞎子的铛，阉鸡阉猪人的糖锣，带给人一分悠远从容感觉。走在路上，间或也能见一个钉碗的，之故之故拉他的金刚钻；一个补锅的，用一个布卷在灰上一揉，托起一小勺殷红的熔铁，嗤的一声焊在一口三眼灶大黑锅上；一个皮匠，用刀在他的脑后头发桩子上光一光，这可以让你看半天。你看他们工作，也看他们人。他们是一种"遗民"，永远固执而沉默地慢慢地走，让你觉得许多事情值得深思。这好像扯得有点嫌远了。我只是想变动得失于调节，是不是一个问题。自然医治失调症的药，也只有继续听他变。这问题不简单，不是我们这个常识脑子弄得清楚的。遗憾的是，卷在那个波浪里，似乎所有理发师都变了气质，即使在小城里，理发师早已不是那种谦抑的、带一点悲哀的人物了。理发店也不复是笼布温和的，在黄昏中照着一块阳光的地方了。这见仁见智，不妨各有看法。而我私人有时是颇为不甘心的。

现在的理发师，虽仍是老理发师后代，但这个职业已经"革新"过了。现在的理发业，和那个特别标记一样是外国来的。这些理发店与"摩登"这个名词不可分，且俨然是构成"摩登"的一部分，是"摩登"本身。在一个都市里，他们的势力很大，他们可以随便教整个都市改观，只要在哪里多绕一个圈子，把哪里的一卷翻得更高些。嘻，理发店里玩意儿真多，日新月异，愈出愈奇。这些东西，不但形状不凡，发出来的声音也十分复杂，营营扎扎，呜呜拉拉。前前后后，镜子一层又一层反射，愈益加重其紧张与一种恐怖。许多摩登人坐在里面，或搔首弄姿，顾盼自怜，越看越美；或小不如意，怒形于色，脸色铁青；焦躁，疲倦，不安，装模作样。理发师呢，把两个嘴角向上拉，拉，笑，不行，又落下去了！他四处找剪子，找呀找，剪子明明在手边小几上，他可茫茫然，已经忘记他找的是什么东西，这时也不像个理发师。而忽然又醒来了，操起剪子咔嚓咔嚓动作起来。他面前一个一个头，这个头有几根白发，那个秃了一块，嗨，这光得像个枣核儿，那一个，怎么回事，他像是才理了出去的？咔嚓咔嚓，他耍着剪子，忽然，他停住了，他努目而看着那个头，且用手拨弄拨弄，仿佛那个头上有个大蚂蚁窝，成千成万蚂蚁爬出来！

　　于是我总不大愿意上理发店。但还不是真正原因。怕上理发店是"逃避现实"。逃避现实不好，我相信我神经还不弱，很可以"面对"。而且你不见我还能在理发店里看风景么？我至少比那些理发师耐得住。不想理发的最大原因，真正原因，是他们不会理发，理得不好。我有时落落拓拓，容易被人误认为是一个不爱惜自己形容的人，实在我可比许多人更讲究。这些理发师既不能发挥自己才能，运巧思；也不善利用材料，不爱我的头。他们只是一种器具使用者，而我们的头便不论生张熟李，弄成一式一样，完全机器出品。一经理发，回来照照镜子，我已不复是我，认不得自己了，镜子里是一个浮滑恶俗的人。每一次，我都愤恼十分，心里充满诅咒，到稍稍平息时，觉得我当初实在应当学理发去，我可以做得很好，至少比我写文章有把握得多。不过假使我真是理发师……会有人来理发，我会为他们理发？

人不可以太倔强，活在世界上，一方面需要认真，有时候只能无所谓。悲哉。所以我常常妥协，随便一个什么理发店，钻进去就是。理发师问我这个那个，我只说"随你！"忍心把一个头交给他了。

我一生有一次理了一个极好的发。在昆明一个小理发店。店里有五个座位，师傅只有一个。不是时候，别的出去了。这师傅相貌极好。他的手艺与任何人相似，也与任何人有不同处：每一剪子都有说不出来的好处，不夸张（这是一般理发师习气），不苟且（这是一般理发师根性），真是奏刀騞然，音节轻快悦耳。他自己也流溢一种得意快乐。我心想，这是个天才。那是一个秋天，理发店窗前一盆蠛瓜菊花，黄灿灿的。好天气。

载一九四七年《文汇报》"笔会"

闹市闲民

我每天在西四倒101路公共汽车回甘家口。直对101站牌有一户人家。一间屋，一个老人。天天见面，很熟了。有时车老不来，老人就搬出一个马扎儿来："车还得会子，坐会儿。"

屋里陈设非常简单（除了大冬天，他的门总是开着），一张小方桌，一个方机凳，三个马扎儿，一张床，一目了然。

老人七十八岁了，看起来不像，顶多七十岁。气色很好。他经常戴一副老式的圆镜片的浅茶晶的养目镜——这副眼镜大概是他身上唯一值钱的东西。眼睛很大，一点没有混浊，眼角有深深的鱼尾纹。跟人说话时总带着一点笑意，眼神如一个天真的孩子。上唇留了一撮疏疏的胡子，花白了。他的人中很长，唇髭不短，但是遮不住他的微厚而柔软的上唇。——相书上说人中长者多长寿，信然。他的头发也花白了，向后梳得很整齐。他长年穿一套很宽大的蓝制服，天凉时套一件黑色粗毛线的很长的背心。圆口布鞋、草绿色线袜。

从攀谈中我大概知道了他的身世。他原来在一个中学当工友，早就退休了。他有家，有老伴。儿子在石景山钢铁厂当车间主任。孙子已经上初中了。老伴跟儿子。他不愿跟他们一起过，说是："乱！"他愿意一个人。他的女儿出嫁了。外孙也大了。儿子有时进城办事，来看看他，给他带两包点心，说会子话。儿媳妇、女儿隔几个月来给他拆洗拆洗被褥。平常，他和亲属很少来往。

他的生活非常简单。早起扫扫地，扫他那间小屋，扫门前的人行道。一天三顿饭。早点是干馒头就咸菜喝白开水。中午晚上吃面。一年三百六十五天，天天如此。他不上粮店买切面，自己做。抻条，或是拨鱼儿。他的拨鱼儿真是一绝。小锅里坐上水，用一根削细了的棋子把稀面顺着碗口"赶"进锅里。他拨的鱼儿不断，一碗拨鱼儿是一根，而且粗细如一。我为看他拨鱼儿，宁可误一趟车。我跟他说："你这拨鱼儿真是个手艺！"他说："没什么，早一点把面和上，多搅搅。"我学着他的法子回家拨鱼儿，结果成了一锅面糊糊疙瘩汤。他吃的面总是一个味儿！浇炸酱。黄酱，很少一点肉末。黄瓜丝、小萝卜，一概不要。白菜下来时，切几丝白菜，这就是"菜码儿"。他饭量不小，一顿半斤面。吃完面，喝一碗面汤（他不大喝水），涮涮碗，坐在门前的马扎儿上，抱着膝盖看街。

我有时带点新鲜菜蔬，青蛤、海蛎子、鳝鱼、冬笋、木耳菜，他总要过来看看："这是什么？"我告诉他是什么，他摇摇头："没吃过。南方人会吃。"他是不会想到吃这样的东西的。

他不种花，不养鸟，也很少遛弯儿。他的活动范围很小，除了上粮店买面，上副食店买酱，很少出门。

他一生经历了很多大事。远的不说。敌伪时期，吃混合面。傅作义。解放军进城，扭秧歌，呛呛七呛七。开国大典，放礼花。没完没了的各种运动。三年自然灾害，大家挨饿。"文化大革命"。"四人帮"。"四人帮"垮台。华国锋。华国锋下台……

然而这些都与他无关，没有在他身上留下多少痕迹。他每天还是吃炸酱面，——只要粮店还有白面卖，而且北京的粮价长期稳定——坐在门口马扎儿上看街。

他平平静静，没有大喜大忧，没有烦恼，无欲望亦无追求，天然恬淡，每天只是吃抻条面、拨鱼儿，抱膝闲看，带着笑意，用孩子一样天真的眼睛。

这是一个活庄子。

一九九〇年五月五日
载一九九〇年第九期《天涯》

美国女生

——阿美利加明信片

"女生"是台湾的叫法。台湾的中青年都把男的叫作"男生",女的都叫作"女生",蒋勋(诗人)、李昂(小说家)都如此,虽然被称作"男生""女生"的,都已经不是学生了。这种称呼很有趣。不过我这里所说的"女生",大都还是女学生。

我在爱荷华居住的五月花公寓里住了不少爱荷华大学的学生,男生女生都有。我每天上午下午沿爱荷华河散步,总会碰到几个。男生不大搭理我,女生则都迎面带笑很亲切地说一声"嗨!"她们大概都认得我了。我对她们可分辨不清,觉得都差不多。据说,爱荷华所在的衣阿华州出美女。她们都相当漂亮,皮肤白皙,明眸皓齿,——眼珠大都是灰蓝色,纯蓝的少,但和蛋青色的眼白一衬,显得很透亮。但是我觉得她们都差不多,个头差不多——没有很高的;身材差不多——没有很胖很瘦的；发式差不多，都梳得很随便；服饰也差不多，都是一身白色的针织运动衫裤，白旅游鞋。甚至走路的样子也差不多，比较快，但也不是很匆忙。没有浓妆艳抹，身着奇装异服的，因为她们是大学生。偶尔在星期六的晚上，看到她们穿了盛装，涂了较重的口红，三三五五地上电梯，大概是在哪里参加 Party 回来了。这样的时候很少。美国女生的穿着大概以舒服为主，美观是其次。

在爱荷华市区见到有女生光着脚在大街上走。美国女孩子的脚很好看，但是她们不是为了显露她们的脚形，大概只是图舒服。街上的男人也不注视她们的秀足，不觉得有什么刺激。

街上看到"朋克"，一男一女，都很年轻。像画报上所见的那样，把头发剃光了，只留当中一长绺，染成淡紫色。但我并不觉得他们怪诞，他们的眼睛里也没有什么愤世嫉俗，对现实不满，疯狂颓废。完全没有。他们的眼睛是明净的、文雅的。他们大概只是觉得这样好玩。

我散步后坐在爱荷华河边的长椅上抽烟，休息，遐想，构思。离我不远的长椅上有一个男生一个女生抱着亲吻。他们吻得很长，我都抽了三根烟了，他们还没有完。但是吻得并不热烈，抱得不是很紧，而且女生一边长长地吻着，一边垂着两只脚，前后摇摇，这叫什么接吻？这样的吻简直像是做游戏。这样完全没有色情、放荡意味的接吻，我还从未见过。

参观阿玛纳村，这是个古老的移民村，前些年还保留着旧的生活习惯；不用汽车，用马车。现在改变了，办了很现代化的工厂。在悬着一副木轭为记的餐馆里吃饭。招呼我们的是一个女生，戴一副细黑框的眼镜，穿着黑色的薄呢衫裙，黑浅口半高跟鞋，白色长丝袜。她这副装束显得有点古风，特别是她那双白袜子。她姓莎士比亚，名南希，我对她说："你很了不起，是莎士比亚的后裔，与总统夫人同名。"她大笑。她说她一辈子不想结婚。为什么和一个初次见面的外国人（在她看起来，我们当然是外国人）谈起这样的话呢？她还很年轻，说这个话未免早了一点，她不会有过什么悲痛的遭遇，她的声音里没有一点苦涩。可能她觉得一个人活着洒脱，自在。说不定她真会一辈子单身。

在耶鲁大学演讲，给我当翻译的是一个博士生，很年轻，穿一身玫瑰红，身材较一般美国女生瘦小，真是娇小玲珑。我在演讲里提到朱庆余的《近试上张水部》和崔颢的《长干行》，她很顺溜地就翻译出来了。我很惊奇。她得意地说："我最近刚刚读过这两首诗！"她是在台湾地区学的中文。我看看她的眼睛：非常聪明。

在华盛顿，在白宫对面马路的人行道上，看见一个女生用一根带子拉着一头猫，她想叫猫像狗一样陪着她散步。猫不干，怎么拉，猫还是乱蹦。我们看着她，笑了。她看看我们，也笑了。她知道我们笑什么：这是猫，不是狗！

美国的女生大都很健康，很单纯，很天真，无忧无虑，没有烦恼，也没有困惑。愿上帝保护美国女生。

一九九一年一月五日
载一九九三年一月十五日《经济日报》

七载云烟

天地一瞬

我在云南住过七年,一九三九——一九四六年。准确地说,只能说在昆明住了七年。昆明以外,最远只到过呈贡,还有滇池边一片沙滩极美、柳树浓密的叫作斗南村的地方,连富民都没有去过。后期在黄土坡、白马庙各住过年把二年,这只能算是郊区。到过金殿、黑龙潭、大观楼,都只是去游逛,当日来回。我们经常活动的地方是市内。市内又以正义路及其旁出的几条横街为主。正义路北起华山南路,南至金马碧鸡牌坊,当时是昆明的贯通南北的干线,又是市中心所在。我们到南屏大戏院去看电影——演的都是美国片子。更多的时间是无目的地闲走,闲看。

我们去逛书店。当时书店都是开架售书,可以自己抽出书来看。有的穷大学生会靠在柜台一边，看一本书，一看两三个小时。

逛裱画店。昆明几乎家家都有钱南园的写得四方四正的颜字对联。还有一个吴忠荩老先生写的极其流利但用笔扁如竹篾的行书四扇屏。慰情聊胜无，看看也是享受。

武成路后街有两家做锡箔的作坊。我每次经过，都要停下来看做锡箔的师傅在一个木墩上垫了很厚的粗草纸，草纸间衬了锡片，用一柄很大的木槌，使劲夯砸那一垛草纸。师傅浑身是汗，于是锡箔就槌成了。没有人愿意陪我欣赏这种槌锡箔艺术，他们都以为："这有什么看头！"

逛茶叶店。茶叶店有什么逛头？有！华山西路有一家茶叶店，一壁挂了一副嵌在镜框里的米南宫体的小对联，字写得好，联语尤好：

静对古碑临黑女
闲吟绝句比红儿

我觉得这对得很巧，但至今不知道这是谁的句子。尤其使我不明白的，是这家茶叶店为什么要挂这样一副对子？

我们每天经过，随时往来的地方，还是大西门一带。大西门里的文林街，大西门外的凤翥街、龙翔街。"凤翥""龙翔"，不知道是哪位擅长辞藻的文人起的富丽堂皇的街名，其实这只是两条丁字形的小小的横竖街。街虽小，人却多，气味浓郁。这是来往滇西的马锅夫卸货、装货、喝酒、吃饭、抽鸦片、睡女人的地方。我们在街上很难"深入"这种生活的里层，只能切切实实地体会到：这是生活！我们在街上闲看。看卖木柴的，卖木炭的，卖粗瓷碗、卖砂锅的，并且常常为一点细节感动不已。

但是我生活得最久，接受影响最深，使我成为这样一个人，这样一个作家——不是另一种作家的地方，是西南联大，新校舍。

骑了毛驴考大学

万里长征，

辞却了五朝宫阙。

暂驻足，

衡山湘水，

又成离别，

绝徼移栽桢干质，

九州遍洒黎元血。

尽笳吹弦诵在山城，

情弥切……

——西南联大校歌

日寇侵华，平津沦陷，北大、清华、南开被迫南迁，组成一个大学，在长沙暂住，名为"临时大学"。后迁云南，改名"国立西南联合大学"，简称"西南联大"。这是一座战时的，临时性的大学，但却是一个产生天才，影响深远，可以彪炳于世界大学之林，与牛津、剑桥、哈佛、耶鲁平列而无愧色的，窳陋而辉煌的，奇迹一样的，"空前绝后"的大学。喔，我的母校，我的西南联大！

像蜜蜂寻找蜜源一样飞向昆明的大学生，大概有几条路径。

一条是陆路。三校部分同学组成"西南旅行团"，由北平出发，走向大西南。一路夜宿晓行，埋锅造饭，过的完全是军旅生活。他们的"着装"是短衣，打绑腿，布条编的草鞋，背负薄薄的一卷行李，行李卷上横置一把红油纸伞，有点像后来的大串联的红卫兵。除了摆渡过河外，全是徒步。自北平至昆明，全程三千五百里，算得是一个壮举。旅行团有部分教授参加，闻一多先生就是其中之一。闻先生一路画了不少铅笔速写。其时闻先生已经把胡子留起来了，——闻先生曾发愿：抗战不胜，誓不剃须！

另一路是海程。由天津或上海搭乘怡和或太古轮船，经中国香港，到越南海防，然后坐滇越铁路火车，由老街入境，至昆明。

有意思的是，轮船上开饭，除了白米饭之外，还有一箩高粱米饭。这是给东北学生预备的。吃高粱米饭，就咸鱼、小虾，可以使"我的家在东北松花江上"的流亡学生得到一点安慰，这种举措很有人情味。

我们在上海就听到滇越路有瘴气，易得恶性疟疾，沿路的水不能喝，于是带了好多瓶矿泉水。当时的矿泉水是从法国进口的，很贵。

没有想到恶性疟疾照顾上了我！到了昆明，就发了病，高烧超过四十摄氏度，进了医院，医生就给我打了强心针（我还跟护士开玩笑，问"要不要写遗书"）。用的药是606，我赶快声明：我没有生梅毒！

出了院，晕晕乎乎地参加了全国统一招生考试。上帝保佑，竟以第一志愿被录取，我当时真是像做梦一样。

当时到昆明来考大学的，取道各有不同。

有一位历史系姓刘的同学是自己挑了一担行李，从家乡河南一步一步走来的。这人的样子完全是一个农民，说话乡音极重，而且四年不改。

有一位姓应的物理系的同学，是在西康买了一头毛驴，一路骑到昆明来的。此人精瘦，外号"黑鬼"，宁波人。

这样一些莘莘学子，不远千里，从四面八方奔到昆明来，考入西南联大，他们来干什么，寻找什么？

大部分同学是来寻找真理，寻找智慧的。

也有些没有明确目的，糊里糊涂的。我在报考申请书上填了西南联大，只是听说这三座大学，尤其是北大的学风是很自由的，学生上课、考试，都很随便，可以吊儿郎当。我就是冲着吊儿郎当来的。

我寻找什么？

寻找潇洒。

斯是陋室

西南联大的校舍很分散，很多处是借用昆明原有的房屋、学校、祠堂。自建的，集中，成片的校舍叫"新校舍"。

新校舍大门南向，进了大门是一条南北大路。这条路是土路，下雨天滑不留足，摔倒的人很多。这条土路把新校舍划分成东西两区。

西边是学生宿舍。土墙，草顶。土墙上开了几个方洞，方洞上竖了几根不去皮的树棍，便是窗户。挨着土墙排了一列双人木床，一边十张，一间宿舍可住四十人，桌椅是没有的。两个装肥皂的大箱摞起来。既是书桌，也是衣柜。昆明不知道哪里来的那么多肥皂箱，很便宜，男生女生多数都有这样一笔"财产"。有的同学在同一宿舍中一住四年不挪窝，也有占了一个床位却不来住的。有的不是这个大学的，却住在这里。有一位，姓曹，是同济大学的，学的是机械工程，可是他从来不到同济大学去上课，却从早到晚趴在木箱上写小说。有些同学成天在一起，乐数晨夕，堪称知己。也有老死不相往来，几乎等于不认识的。我和那位姓刘的历史系同学就是这样，我们俩同睡一张木床，他住上铺，我住下铺，却很少见面。他是个很守规矩，很用功的人，每天按时作息。我是个夜猫子，每天在系图书馆看一夜书，即天亮才回宿舍。等我回屋就寝时，他已经在校园树下苦读英文了。

大路的东侧，是大图书馆。这是新校舍唯一的一座瓦顶的建筑。每天一早，就有人等在门外"抢图书馆"，——抢位置，抢指定参考书。大图书馆藏书不少，但指定参考书总是不够用的。

每月月初要在这里开一次"国民精神总动员月会",简称"国民月会"。把图书馆大门关上,钉了两面交叉的党国旗,便是会场。所谓月会,就是由学校的负责人讲一通话。讲的次数最多的是梅贻琦,他当时是主持日常校务的校长(北大校长蒋梦麟、南开校长张伯苓)。梅先生相貌清癯,人很严肃,但讲话有时很幽默。有一个时期昆明闹霍乱,梅先生告诫学生不要在外面乱吃,说:"有同学说'我在外面乱吃了好多次,也没有得一次霍乱',同学们!这种事情是不能有第二次的。"

更东,是教室区。土墙,铁皮屋顶(涂了绿漆)。下起雨来,铁皮屋顶被雨点打得乒乒乓乓地响,让人想起王禹的《黄岗竹楼记》。

这些教室方向不同,大小不一,里面放了一些一边有一块平板,可以在上面记笔记的木椅,都是本色,不漆油漆。木椅的设计可能还是从美国传来的,我在爱荷华——耶鲁都看见过。这种椅子的好处是不固定,可以从这个教室到那个教室任意搬来搬去。吴宓(雨僧)先生讲《红楼梦》,一看下面有女生还站着,就放下手杖,到别的教室去搬椅子。于是一些男同学就也赶紧到别的教室去搬椅子。到宝姐姐、林妹妹都坐下了,吴先生才开始讲。

这样的陋室之中,却培养了很多优秀的人才。

联大五十周年校庆时，校友从各地纷纷返校。一位从国外赶回来的老同学（是个男生），进了大门就跪在地上放声大哭。

前几年我重回昆明，到新校舍旧址（现在是云南师范大学）看了看，全都变了样，什么都没有了，只有东北角还保存了一间铁皮屋顶的教室，也岌岌可危了。

不衫不履

联大师生服装各异，但似乎又有一种比较一致的风格。

女生的衣着是比较整洁的。有的有几件华贵的衣服，那是少数军阀商人的小姐。但是她们也只是参加 Party 时才穿，上课时不会穿得花里胡哨的。一般女生都是一身阴丹士林旗袍，上身套一件红的毛衣。低年级的女生爱穿"工裤"，——劳动布的长裤，上面有两条很宽的带子，白色或浅花的衬衫。这大概本是北京的女中学生流行的服装，这种风气被贝满等校的女生带到昆明来了。

男同学原来有些西装革履，裤线笔直的，也有穿麂皮夹克的，后来就日渐少了，绝大多数是蓝布衫、长裤。几年下来，衣服破旧，就想各种办法"弥补"，如贴一张橡皮膏之类。有人裤子破了洞，不会补，也无针线，就找一根麻筋，把破洞结了一个疙瘩。这样的疙瘩名士不止一人。

教授的衣服也多残破了。闻一多先生有一个时期穿了一件一个亲戚送给他的灰色夹袍，式样早就过时，领子很高，袖子很窄。朱自清先生的大衣破得不能再穿，就买了一件云南赶马人穿的深蓝氆氇的一口钟（大概就是彝族察尔瓦）披在身上，远看有点像一个侠客。有一个女生从南院（女生宿舍）到新校舍去，天已经黑了，路上没有人，她听到后面有梯里突鲁的脚步声，以为是坏人追了上来，很紧张。回头一看，是化学教授曾昭抡。他穿了一双空前（露着脚趾）绝后鞋（后跟烂了，提不起来，只能半趿着），因此发出此梯里突鲁的声音。

联大师生破衣烂衫，却每天孜孜不倦地做学问，真是穷且益坚，不坠青云之志，这种精神，人天可感。

当时"下海"的，也有。有的学生跑仰光、腊戌，趸卖"玻璃丝袜""旁氏口红"；有一个华侨同学在南屏街开了一家很大的咖啡馆，那是极少数。

采薇

大学生大都爱吃，食欲很旺，有两个钱都吃掉了。

初到昆明，带来的盘缠尚未用尽，有些同学和家乡邮汇尚通，不时可以得到接济，一到星期天就出去到处吃馆子。汽锅鸡、过桥米线、新亚饭店的过油肘子、东月楼的锅贴乌鱼、映时春的油淋鸡、小西门马家牛肉馆的牛肉、厚德福的铁锅蛋、松鹤楼的腐乳肉、"三六九"（一家上海面馆）的大排骨面，全都吃了一个遍。

钱逐渐用完了，吃不了大馆子，就只能到米线店里吃米线、饵块。当时米线的浇头很多，有焖鸡（其实只是酱油煮的小方块瘦肉，不是鸡）、爨肉（即肉末，音川，云南人不知道为什么爱写这样一个笔画繁多的怪字）、鳝鱼、叶子（油炸肉皮煮软，有的地方叫"响皮"，有的地方叫"假鱼肚"）。米线上桌，都加很多辣椒，——"要解馋，辣加咸"。如果不吃辣，进门就得跟堂倌说："免红！"

到连吃米线、饵块的钱也没有的时候，便只有老老实实到新校舍吃大食堂的"伙食"。饭是"八宝饭"，通红的糙米，里面有砂子、木屑、老鼠屎。菜，偶尔有一碗回锅肉、炒猪血（云南谓之"旺子"），常备的菜是盐水煮芸豆，还有一种叫"魔芋豆腐"，为紫灰色的，烂糊糊的淡而无味的奇怪东西。有一位姓郑的同学告诫同学：饭后不可张嘴——恐怕飞出只鸟来！

一九四四年，我在黄土坡一个中学教了两个学期。这个中学是联大办的，没有固定经费，薪水很少，到后来连一点极少的薪水也发不出来，校长（也是同学）只能设法弄一点米来，让教员能吃上饭。菜，对不起，想不出办法。学校周围有很多野菜，我们就吃野菜。校工老鲁是我们的技术指导。老鲁是山东人，原是个老兵，照他说，可吃的野菜简直太多了，但我们吃得最多的是野苋菜（比园种的家苋菜味浓）、灰藋菜（云南叫作灰藋菜，"藋"字见于《庄子》，是个很古的字），还有一种样子像一根鸡毛掸子的扫帚苗。野菜吃得我们真有些面有菜色了。

有一个时期附近小山下柏树林里飞来很多硬壳昆虫，黑色，形状略似金龟子，老鲁说这叫豆壳虫，是可以吃的，好吃！他捉了一些，撕去硬翅，在锅里干爆了，撒了一点花椒盐，就起酒来。在他的示范下，我们也爆了一盘，闭着眼睛尝了尝，果然好吃。有点像盐爆虾，而且有一股柏树叶的清香，——这种昆虫只吃柏树叶，别的树叶不吃。于是我们有了就酒的酒菜和下饭的荤菜。这玩意多得很，一会儿的工夫就能捉一大瓶。

要写一写我在昆明吃过的东西，可以写一大本，撮其大要写了一首打油诗。怕读者看不明白，加了一些注解，诗曰：

重升肆里陶杯绿，①
饵块摊来炭火红。②
正义路边养正气，③
小西门外试撩青。④

---

①昆明的白酒分市酒和升酒。市酒是普通白酒，升酒大概是用市酒再蒸一次，谓之"玫瑰重升"，似乎有点玫瑰香气。昆明酒店都是盛在绿陶的小碗里，一碗可盛二小两。

②饵块分两种，都是米面蒸熟了的。一种状如小枕头，可做汤饵块、炒饵块。一种是椭圆的饼，犹如鞋底，在炭火上烤得发泡，一面用竹片涂了芝麻酱、花生酱、甜酱油、油辣子，对合而食之，谓之"烧饵块"。

③汽锅鸡以正义路牌楼旁一家最好。这家无字号，只有一块匾，上书大字"培养正气"，昆明人想吃汽锅鸡，就说："我们今天去培养一下正气。"

④小西门马家牛肉极好。牛肉是蒸或煮熟的，不炒菜，分部位，如"冷片""汤片"……有的名称很奇怪。如大筋（牛鞭）、"领肝"（牛肚）。最特别的是"撩青"（牛舌，牛的舌头可不是撩青草的么？但非懂行人觉得这很费解）。"撩青"很好吃。

人间至味干巴菌,⑤
世上馋人大学生。
尚有灰藋堪漫吃,⑥
更循柏叶捉昆虫。

一束光阴付苦茶

　　昆明的大学生（男生）不坐茶馆的大概没有。不可一日无此君，有人一天不喝茶就难受。有人一天喝到晚，可称为"茶仙"。茶仙大抵有两派。一派是固定茶座。有一位姓陆的

---

⑤昆明菌子种类甚多，如"鸡㙡"，这是菌之王，但至今我还不知道为什么只在白蚁窝上长"牛肝菌"（色如牛肝，生时熟后都像牛肝，有小毒，不可多吃，且须加大量的蒜，否则会昏倒。有个女同学吃多了牛肝菌，竟致休克）。"青头菌"，菌盖青绿，菌丝白色，味较清雅。味道最为隽永深长，不可名状的是干巴菌。这东西中吃不中看，颜色紫赭，不成模样，简直像一堆牛屎，里面又夹杂了一些松毛、杂草。可是收拾干净了撕成蟹腿状的小片，加青辣椒同炒，一箸入口，酒兴顿涨，饭量猛开。这真是人间至味！

⑥藋字云南读平声。

研究生，每天在一家茶馆里喝三遍茶，早、午、晚。他的牙刷、毛巾、洗脸盆就放这家茶馆里，一起来就上茶馆。另一派是流动茶客，有一姓朱的，也是研究生，他爱到处溜，腿累了就走进一家茶馆，坐下喝一气茶。全市的茶馆他都喝遍了。他不但熟悉每一家茶馆，并且知道附近哪是公共厕所，喝足了茶可以小便，不至被尿憋死。

关于喝茶，我写过一篇《泡茶馆》，已经发表过，写得相当详细，不再重复，有诗为证：

水厄囊空亦可赊，⑦
枯肠三碗嗑葵花。⑧
昆明七载成何事？
一束光阴付苦茶。

---

⑦我们和凤翥街几家茶馆很熟，不但喝茶，吃芙蓉糕可以欠账，甚至可以向老板借钱去看电影。

⑧茶馆常有女孩子来卖炒葵花子，绕桌轻唤："瓜子瓜，瓜子瓜。"

水流云在

云南人对联大学生很好，我们对云南、对昆明也很有感情。我们为云南做了一些什么事，留下一点什么？

有些联大师生为云南做了一些有益的实事，比如地质系师生完成了《云南矿产普查报告》，生物系师生写出了《中国植物志·云南卷》的长编初稿，其他还有多少科研成果，我不大知道，我不是搞科研的。

比较明显的、普遍的影响是在教育方面。联大学生在中学兼课的很多，连闻一多先生都在中学教过国文，这对昆明中学生学业成绩的提高，是有很大作用的。

更重要的是使昆明学生接受了民主思想，呼吸到独立思考、学术自由的空气，使他们为学为人都比较开放，比较新鲜活泼。这是精神方面的东西，是抽象的，是一种气质，一种格调，难于确指，但是这种影响确实存在。如云如水，水流云在。

一九九四年二月十五日
载一九九四年第四期《中国作家》

第三章

世界先爱了我，
我不能不爱它

爱，是一件非专业的事情，
一定要，爱着点什么。
它让我们变得坚韧，宽容，充盈。
业余的，爱着。

自序·我的世界

外面的世界很精彩，我的世界很平常。

我的家乡是一个水乡，到处是河，可是我既不会游泳，也不会使船，走在乡下的架得很高的狭窄的木桥上，心里都很害怕。于此可见，我是个没出息的人。高邮湖就在城西，抬脚就到，可是我竟然没有在湖上泛过一次舟，我不大爱动。华南人把到外面创一番事业，叫作"闯世界"，我不是个闯世界的人。我不能设计自己的命运，只能由着命运摆布。

从出生到初中毕业，我是在本城度过的。这一段生活已经写在《逝水》里。除了家、校，我最熟悉的是由科甲巷至新巷口的一条叫作"东大街"的街。我熟习沿街的店铺、作坊、摊子。到现在我还能清清楚楚地描绘出这些店铺、作坊、摊子的样子。我每天要去玩一会儿的地方是我祖父所开的"保全堂"药店。我认识不少药，会搓蜜丸，摊膏药。我熟习中药的气味，熟习自前面店堂到后面堆放草药的栈房之间的腰门上的一副蓝漆字对联:"春暖带云锄芍药,秋高和露种芙蓉"。我熟习大小店铺的老板、店伙、工匠。我熟习这些属于市民阶层的各色人物的待人接物,言谈话语,他们身上的美德和俗气。这些不仅影响了我的为人,也影响了我的文风。

我的高中一二年级是在江阴读的,南菁中学。江阴是一个江边的城市,每天江里涨潮,城里的河水也随之上涨。潮退,河水又归平静。行过虹桥,看河水涨落,有一种无端的伤感。难忘繖墩看梅花遇雨,携手泥涂;君山偶遇,遂成离别。几年前我曾往江阴寻梦,缘悭未值。我这辈子大概不会有机会再到江阴了。

高三时江阴失陷了,我在淮安、盐城辗转"借读"。来去匆匆,未留只字。

我在昆明住过七年,一九三九至一九四六。前四年在西南联大。初到昆明时,身上还有一点带去的钱,可以吃馆子,骑马到黑龙潭、金殿。后来就穷得叮当响了,真是"囚首垢面,而读诗书"。后三年在中学教书,在黄土坡、观音寺、白马庙都住过。

一九四六年夏至一九四七年冬,在上海,教中学。上海无风景,法国公园、兆丰公园都只有一点点大。

一九四八年我在午门历史博物馆工作,我住的地方很特别,在右掖门下,据说原是锦衣卫值宿的所在。

一九四九年三月，参加四野南下工作团。五月，至汉口，在硚口二女中任副教导主任。

一九五〇年夏，回北京。在东单三条、河泊厂都住过一阵。

一九五八年被打成右派，下放张家口沙岭子农业科学研究所劳动。我和农业工人——也就是农民在一起生活了四年，对农村、农民有了比较切近的认识。

一九六一年底回北京后住甘家口。不远就是玉渊潭，我几乎每天要围着玉渊潭散步，和菜农、遛鸟的人闲聊，得到不少知识。

我在一个京剧院当了十几年编剧，认识了一些名角，也认识了一些值得同情但也很可笑的小人物，增加了我对"人生"的一份理解。

我到过不少地方，到过西藏、新疆、内蒙、湖南、江西、四川、广东、福建，登过泰山，在武夷山和永嘉的楠溪江上坐过竹筏……但我于这些地方都只是一个过客，虽然这些地方的山水人情也曾流入我的思想，毕竟只是过眼烟云。

我在这个世界走来走去，已经走了七十三年，我还能走得多远，多久？

一九九三年九月八日

我 的 家

十年前我回了一次家乡，一天闲走，去看了看老家的旧址，发现我们那个家原来是不算小的。我家的大门开在科甲巷（不知道为什么这条巷子起了这么个名字，其实这巷里除了我的曾祖父中过举人，我的祖父中过拔贡外，没有别的人家有过功名），而在西边的竺家巷有一个后门。我的家即在这两条巷子之间。临街是铺面。从科甲巷口到竺家巷口，计有这么几家店铺：一家豆腐店，一家南货店，一家烧饼店，一家棉席店，一家药店，一家烟店，一家糕店，一家剃头店，一家布店。我们家在这些店铺的后面，占地多少平方米我不知道，但总是不小的，住起来是相当宽敞的。

这所老宅子分作东西两截，或两区。东边住着祖父母（我们叫"太爷""太太"）和大房——大伯父一家。西边是二房（我的二伯母）和三房——我父亲的一家。东西地势相差约有三尺，由东边到西边要上几层台阶。

正屋东边的套间住着太爷、太太，西边是大伯父和大伯母（我们叫"大爷""大妈"）。当中是一个堂屋，因为敬神祭祖都在这间堂屋里，所以叫作"正堂屋"。正堂屋北面靠墙是一个很大的"老爷柜"，即神案，但我们那里都叫作"老爷柜"，这东西也确实是一个很长的大柜，当中和两边都有抽屉，下面还有钉了铜环的柜门。老爷柜上，当中供的是家神菩萨，左边是文昌帝君神位，右边是祖宗龛——一个细木雕琢的像小庙一样的东西，里面放着祖宗的牌位——神主。这正堂屋大概是我的曾祖父手里盖的，因为两边板壁上贴着他中秀才、中举人的报条。有年头了。原来大概是相当恢宏的。庭柱很粗，是"布灰布漆"的——木柱外涂瓦灰，裹以夏布，再施黑漆。到我记事时漆灰有多处已经剥落。这间老堂屋铺地的箩底砖（方砖）的边角都磨圆了，而且特别容易返潮。天将下雨，砖地上就是潮乎乎的。若遇连阴天，地面简直像涂了一层油，滑的。我很小就知道"础润而雨"。用不着看柱础，从正堂屋砖地，就知道雨一时半会儿晴不了。一想到正堂屋，总会想到下雨，有时接连下几天，真是烦人。雨老不停，我的一个堂姐就会剪一个纸人贴在墙上，这纸人一手拿着簸箕，一手拿笤帚，风一吹，就摇动起来，叫"扫晴娘"。也真奇怪，扫晴娘扫了一天，第二天多少会放晴。

这间正堂屋的用处是：过年时敬神，清明祭祖。祭祖时在正中的方桌上放一大碗饭，这碗特别的大，有一个小号洗脸盆那样大，很厚，是白色古瓷的；除了祭祖装饭外，不做别的用处。饭压得很实，鼓起如坟头，上面插了好多双红漆的筷子。筷子插多少双，是有定数的，这事总是由我的祖母做。另有四样祭菜。有一盘白切肉，一盘方块粉——绿豆粉，切成名片大小，三分厚。这方块粉在祭祖后分给两房。这粉一点味道都没有，实在不好吃，所以我一直记得。其余两样祭菜已无印象。十月朝（旧历十月初一）"烧包子"，即北方的"送寒衣"。一个一个纸口袋，内装纸钱，包上写明各代考妣冥中收用，一袋一袋排在祭桌前，上面铺一层稻草。磕头之后，由大爷点火焚化。每年除夕，要在这方桌上吃一顿团圆饭。

我们家吃饭的制度是：一口锅里盛饭，大房、三房都吃同一锅饭，以示并未分家；菜则各房自炒，又似分爨。但大年三十晚上，祖父和两房男丁要同桌吃一顿。菜都是太太手制的。照例有一大碗鸭羹汤，鸭丁、山药丁、慈菇丁合烩。这鸭羹汤很好吃，平常不做，据说是徽州做法。我们的老家是徽州（姓汪的很多人的老家都是徽州），我们家有些菜的做法还保持徽州传统。比如肉丸蘸糯米蒸熟，有些地方叫珍珠丸子或蓑衣丸子，我们家则叫"徽团"。

我对大堂屋有一点特殊的记忆，是我曾在这里当过一回孝子。我的二伯父(二爷)死得早,立嗣时经过一番讨论。按说应该由长房次子,我的堂弟曾炜过继,但我的二伯母(二妈)不同意,她要我,因为她和我的生母感情很好,从小喜欢我。我是次房长子,长子过继,不合古理。后来是定了一个折衷方案,曾炜和我都过继给二妈,一个是"派继",一个是"爱继"。二妈死后,娘家提了一些条件,一是指定要用我祖父的寿材盛殓。太爷五十岁时就打好了寿材,逐年加漆,漆皮已经很厚了。因为二妈是年轻守节,娘家提出,不能不同意。一是要在正堂屋停灵,也只好同意了(本来上有老人,是不该在正屋停灵的)。我和曾炜于是履行孝子的职责。亲视含殓(围着棺材走一圈),戴孝披麻,一切如制。最有意思的是逢七的时候得陪张牌李牌吃饭。逢七,鬼魂要回来接受烧纸,由两个鬼役送回来。这两个鬼役即张牌李牌。一个较大的方机凳,两副筷子,一碟白肉,一碟豆腐,两杯淡酒。我和曾炜各用一个小板凳陪着坐一会儿。陪鬼役吃饭,我还是头一回。六七开吊,我是孝子一直在场,所以能看到全部过程。家里办丧事,气氛和平常全不一样,所有的人都变得庄严肃穆起来。开吊像是演一场戏,大家都演得很认真。"初献""亚献""终献",有条不紊,节奏井然。最后是"点主"。点主要一个功名高的人。给我的二伯母点主的是一个叫李芳的翰林,外号李三麻子。"点主"是在神主上加点。神主(木制小牌位）事前写好"×儒人之神王"，李三麻子就位后，礼生喝道："凝神，想象，请加墨主。"李三麻子拈起一支新笔在"王"字上加一点。礼生再赞："凝神，想象，请加朱主。"李三麻子又用朱笔在黑点上加一点。这样死者的魂灵就进入神主了。我对"凝神，想象"印象很深，因为这很有点诗意。其实李三麻子对我的二伯母无从想象，因为他根本没有见过我的二伯母。

正堂屋对面，隔一个天井，是穿堂。

穿堂对面原来有一排三开间的房子，是我的叔曾祖父的一个老姨太太住的。房子很旧了，屋顶上长了很多瓦松，隔扇上糊的白纸都已成了灰色。这位老姨太太多年衰病，总是躺着。这一排房子里听不到一点声音，非常寂静，只有这位老姨太太的女儿——我们叫她小姑奶奶，带着孩子来住一阵，才有一点活气。

老姨太太死了，她没有儿子，由我一个叔祖父过继给他。这位叔祖父行六，我们叫他六太爷。这是个很有风趣的人，很喜欢孩子。老姨太太逢七，六太爷要来守灵烧纸。烧了纸，他弄一壶酒，慢慢喝着，给孩子讲故事——说书，说《大侠甘凤池》，一直说到深夜。因此，我们总是盼着老姨太太逢七。

祖父过六十岁的头年，把东边的房屋改建了一下。正堂屋没动。穿堂加大了。老姨太太原来住的一排房子拆了，盖了一个"敞厅"。房屋翻盖的情况我还记得，先由瓦匠头、木匠头挖出整整齐齐的一方土，供在老爷柜上。破土后，请全体瓦木匠在正堂屋吃一次饭。这顿饭的特别处是有一碗泥鳅，泥鳅我们家是不进门的，但是请瓦木匠必得有这道菜，这是规矩。我觉得这规矩对瓦木匠颇有嘲讽意味。接着是上梁竖柱，放鞭炮，撒糕馒，如式。

敞厅的特点是敞，很宽敞。盖得后，祖父的六十大寿在这里布置过寿堂，宴过客此外就没有怎么用过，平常总是空着。我的堂姐姐有时把两张方桌拼起来，在上面缝被子。

敞厅对面，一道砖墙之外，是花园。花园原来没有园名，祖父命之曰"民圃"，因为他字铭甫，取其谐音。我父亲选了两块方砖，刻了"民圃"，两个小篆，嵌在一个六角小门的额上。但是我们还是叫它花园，不叫民圃。祖父六十大寿时自撰了一副长联，末署"民圃叟六十自寿"，"民圃"字样也只在长联里出现过，别处没有用过。

西边半截的房屋大概是祖父手里盖的，格局较小，主要房屋只是两个堂屋，上堂屋和下堂屋。

上堂屋两边的套间，东侧是三房，西侧是二房。

我的二伯父早逝，我没有见过。他房间里的板壁上挂着他的八寸放大照片，半侧身，穿着一身古典燕尾服，前身无下摆，雪白的圆角硬领衬衫，一只胳臂夹着一根象牙头的短手杖，完全是年轻的英国绅士派头，很英俊。听我父亲说，二伯父是个性格很刚烈的人。他是新党，但崇拜的不是孙文而是黄兴。有一次历史教员（那时叫作"教习"）在课堂上讲了黄兴几句不恭敬的话，他上去就给了这个教员一个嘴巴。二伯父和我父亲那时都在南京读中学（旧制中学）。他的死也跟他负气任性的脾气有关。放暑假从南京回来，路过镇江，带着行李，镇江车站的搬运工人敲了他们一下，索价很高。二伯父一生气，把几个人的行李绑在一起，一个人就背了起来。没有走几步，一口血吐在地上，从此不起。

二伯母守节有年，她变得有些古怪。我的小说《珠子灯》里所写的孙小姐的原型，就是我的二伯母。

她变得有点古怪了，她屋里的东西都不许人动。王常生活着的时候是什么样子，永远是什么样子，不许挪动一点。王常生用过的手表、座钟、文具，还有他养的一盆雨花石，都放在原来的位置。孙小姐原是个爱洁成癖的人，屋里的桌子、椅子、茶壶茶杯，每天都要用清水洗三遍。自从王常生死后，除了过年之前，她亲自监督着一个从娘家陪嫁过来的女佣人大洗一天之外，平常不许擦拭。里屋炕几上有一套茶具：一个白瓷的茶盘，一把茶壶，四个茶杯。茶杯倒扣着，上面落了细细的尘土。茶壶是荸荠形扁圆的，茶壶的鼓肚子下面落不着尘土，茶盘里就清清楚楚留下一个干净的圆印子。

她病了，说不清是什么病。除了逢年过节起来几天，其余的时间都在床上躺着，整天地躺着；除那个女佣人，没有人上她屋里去。

有一个人是常上她屋里去的，我。我去了，坐在她床前的机凳上，陪她一会儿。她精神好的时候，教我《长恨歌》《西厢记·长亭》。

春风桃李花开日，
秋雨梧桐叶落时。

碧云天，
黄花地，
西风紧，
北雁南飞。
晓来谁染霜林醉，
都是离人泪。

也有的时候,她也会讲一点轻松一些的文学故事,念苏东坡嘲笑小妹的诗:

人前走不上三五步,
额头先到画堂前。

这样的时候,她脸上也会有一点笑意。她的记忆很好,教我念诗,都是背出来的。她背诗,抑扬顿挫,节奏很强,富于感情,因此她教过我的诗词,我一直记得很清楚。她的诗词,是邑中一个老名士教的。

她老是叫我坐在她床前吃东西,吃饭,吃点心。吃两口,她就叫我张开嘴让她看看。接着就自言自语:"王二娘个猫,王二娘个猫,王二娘个猫。"不知道这是什么意思。她是王二娘,我是她的猫?有时我不在跟前,她一个人在屋里也叨咕:"王二娘个猫,王二娘个猫。"

每年夏天,她要回娘家住一阵,归宁那天,且出不了房门哩。跨出来,转身又跨进去,跨出来,又跨进去。轿子等在大门口(她回娘家都是坐轿子),轿前两盏灯笼换了几次蜡烛,她还没跨出房门。

这种精神状态,我们那里叫作"魔"。

下堂屋左边是我父亲的画室，右边是"下房"，女佣人住的地方。

下堂屋南，一道花瓦墙外，即是花园，墙上也有一个小六角门。

开开六角门，是一片砖墁的平地。更南，是花厅。花厅是我们这所住宅里最明亮的屋子，南边一溜全是大玻璃窗，听说我父亲年轻时常请一些朋友来，在花厅里喝酒，唱戏，吹弹歌舞。到我记事的时候，就没有看过这种热闹。花厅也总是闲着。放暑假，我们到花厅里来做假期作业。每年做酱的时候，我的祖母在花厅里摊晾煮熟的黄豆和烤过的发面饼，让豆、饼长毛发酵。花厅外的砖地上有一口大缸，装着豆酱；一口浅缸，装着甜面酱。

砖地东面，是一个花台，种着四棵很大的腊梅花，主干都有碗口粗，每年开很多花。这种腊梅的花心是紫檀色的。按说"磐石檀心"是腊梅的名种，但是我们那里重白心的，叫作"冰心腊梅"，而将檀心者起了一个不好听的名称，叫"狗心腊梅"。下雪之后，上树摘花，是我的事。腊梅的骨朵很密，相中一大枝，折下来，养在大胆瓶里，过年。

腊梅花的对面，是两棵桂花。一棵金桂，一棵银桂。每年秋天，吐蕊开花。桂花树下，长了一片萱草，也没人管它，自己长得很旺盛。萱花未尽开时摘下，阴干，我们那里叫作金针，北方叫作黄花菜。我小时最讨厌黄花菜，觉得淡而无味。到了北方，学做打卤面，才知道缺这玩意还不行。桂花树后，是南北向的花瓦墙，墙上开一圆门，即北方所说的月亮门。

出圆门，是一畦菜地。我的祖母每年在这里种乌青菜，即上海人所说的塌苦菜。这块菜地土很瘦，乌青菜都不肥大，而茎叶液汁浓厚，旋摘煮食，味道极好，远胜市上买来的，叫作"起水鲜"；经霜后，叶缘皆作紫红色，尤其甜美。

菜畦左侧有一棵紫薇，一房多高，开花时乱红一片，晃人眼睛。游蜂无数——齐白石爱画的那种大个的黑蜂，穿花抢蕊，非常热闹。西侧，有一座六角亭，可以小坐。

菜畦东边有一条砖路。砖路尽处是一棵木瓜，一棵矾杏，一棵柿树，都很少结果。

树之外，是一座船亭。这是祖父六十大寿头年盖的。船头向东，两边墙上各开了海棠形的窗户。祖父盖船亭，是为了"无事此静坐"，但是他只来坐过几次，平常不来，经常锁着。隔着正面的玻璃隔扇，可以看到里面铁梨木琴几上摆着几件彝器，几把檀木椅子，萧萧爽爽。

船亭对面，有一棵很大的柳树。挨着柳树，是一个高高的花坛。花坛上原来想是栽了不少花的，但因为无人料理，只剩下一棵石榴，一丛鱼儿牡丹。鱼儿牡丹开一串一串粉红的花，花作鸡心形，像是童话里的植物。

花坛对面，是土山。这座土山不知是哪年堆成的。这些土是从园里挖出的，还是从外面运进来的，均不知道。土山左脚，种了两棵碧桃，一棵白的，一棵浅红的。碧桃花其实是很好看的，花开得很繁茂，花期也长，应该对它珍贵一点，但是大家都不把它当回事，也许因为它花开得太多，也太容易养活了。土山正面，种了四棵香橼，每年都要结很多。香橼就是"橘逾淮南则为枳"的枳，但其实枳和橘是两种植物。香橼秋天成熟。香橼的香气很冲，不大好闻。但香橼花的气味是很好的，苦甜苦甜的。花白色，瓣微厚，五出深裂，如小酒盏，很好看。山顶有两棵龙爪槐，一在东，一在西。西边的一棵是我的读书树。我常常爬上去，在分杈的树干上靠好，带一块带筋的干牛肉或一块榨菜，一边慢慢嚼着，一边看小说。土山外隔一道墙是一个尼庵，靠在树上可以看见小尼姑从井里汲水浇菜。这尼庵的尼姑是带发修行的，因此我看的小尼姑是一头黑发。

从土山东边下山，是一片空地。空地上有一口很大的缸，养着很大的金鱼，这是大伯父养的。因此，在我们的印象里这一边是大爷的地方。但是我们并未分家，小孩子是可以自由来去的。

金鱼缸的西北边有一架紫藤。盛花时，紫云拂地。花谢，垂下一根一根长长的刀豆。

鱼缸正北，一棵白丁香，一棵紫丁香。

丁香之左，一片紫苇。

往南，墙边一丛金雀花。

紫苇的东边，荒草而已。这片草地每年下面结不少甘露，我们那里叫作螺蛳菜或宝塔菜。甘露洗净后装白布袋，可入甜面酱缸腌渍。

草地之东有一排很大的冬青树。夏天开密密的小白花，也有香味。秋后结了很多紫色的胡椒粒大的果实。

冬青之外，是"草房"，堆草的屋子。我们那里烧草——芦柴，一次要置很多担草，垛积在一排空屋里。

冬青的北面，是花房，房顶南檐是玻璃盖的，原是大爷养花的地方，但他后来不养花了，花房就空着。一壁挂着一个老鹰风筝。据我父亲说这个老鹰是独脑线的——只有一根脑线。老鹰风筝是大爷年轻时放过的。听我父亲说，放上去之后，曾有真的老鹰和它打过架。空空的花房里只有两盆颇大的夹竹桃。夹竹桃红花殷殷的，我忽然觉得有些紧张，因为天忽然黑下来了，只有我一个人，在空空的花园里。

听大人说，这花园里有一个白胡子老头。白胡子老头是神仙，还是妖怪？但是，晚上是没有人到花园里去的，东边和西边的小六角门都上了铁锁。

我们这座花园实在很难叫作花园，没有精心安排布置过，草木也都是随意种植的，常有一点半自然的状态。但是这确是我童年的乐园，我在这里掏过很多蟋蟀，捉过知了、天牛、蜻蜓，捅过马蜂窝——这马蜂窝结在冬青树上，有蒲扇大！

一九九一年九月十九日
载一九九一年第十二期《作家》

我的父亲

我父亲行三。我的祖母有时叫他的小名"三子"。他是阴历九月初九重阳节那天生的,故名菊生(我父亲那一辈生字排行,大伯父名广生,二伯父名常生),字淡如。他作画时有时也题别号:亚痴、灌园生……他在南京读过旧制中学。所谓旧制中学大概是十年一贯制的学堂。我见过他在学堂时用过的教科书,英文是纳氏文法,代数几何是线装的有光纸印的,还有"修身"什么的。他为什么没有升学,我不知道。"旧制中学生"也算是功名。他的这个"功名"我在我继母的"铭旌"上见过,写的是扁宋体的泥金字,所以记得。什么是"铭旌",看《红楼梦》贾府办秦可卿丧事那回就知道,我就不啰唆了。

我父亲年轻时是运动员。他在足球校队踢后卫。他是撑杆跳选手,曾在江苏全省运动会上拿过第一。他又是单杠选手。我还见过他在天王寺外边驻军所设置的单杠上表演过空中大回环两周，这在当时是少见的。他练过武术，腿上戴过铁砂袋。练过拳，练过刀、枪。我见他施展过一次武功。我初中毕业后，他陪我到外地去投考高中，在小轮船上，一个初来的侦缉队以检查为名勒索乘客的钱财。我父亲一掌，把他打得一溜跟头，从船上退过跳板，一屁股坐在码头上。我父亲平常温文尔雅，我还没见过他动手打人，而且，真有两下子！我父亲会骑马。南京马场有一匹劣马，咬人，没人敢碰它，平常都用一截粗竹筒套住它的嘴。我父亲偷偷解开缰绳，一偏腿骑了上去。一趟马道子跑下来，这马老实了。父亲还会游泳，水性很好。这些，我都不知道他是什么时候学的。

从南京回来后，他玩过一个时期乐器。他到苏州去了一趟，买回来好些乐器，笙箫管笛、琵琶、月琴、拉秦腔的胡胡、扬琴，甚至还有大小唢呐。唢呐我从未见他吹过。这东西吵人，除了吹鼓手、戏班子，一般玩乐器的人都不在家里吹。一把大唢呐、一把小唢呐（海笛）一直放在他的画室柜橱的抽屉里。我们孩子们有时翻出来玩。没有哨子，吹不响，只好把铜嘴含在嘴里，自己呜呜作声，不好玩！他的一支洞箫、一支笛子，都是少见的上品。洞箫箫管很细，外皮作殷红色，很有年头了。笛子不是缠丝涂了一节一节黑漆的，是整个笛管擦了荸荠紫漆的，比常见的笛子管粗。箫声幽远，笛声圆润。我这辈子吹过的箫笛无出其右者。这两支箫笛不是从乐器店里买的，是花了大价钱从私人手里买的。他的琵琶是很好的，但是拿去和一个理发店里换了。他拿回理发店的那面琵琶又脏又旧、油里咕叽的。我问他为什么要换了这么一面脏琵琶回来，他说："这面琵琶声音好！"理发店用一面旧琵琶换了他的几乎是全新的琵琶，当然乐意。不论什么乐器，他听听别人演奏，看看指法，就能学会。他弹过一阵古琴，说："都说古琴很难，其实没有什么。"我的一个远房舅舅，有一把一个法国神父送他的小提琴，我父亲跟他借回来，鼓捣鼓捣，几天工夫，就能拉出曲子来。据我父亲说，乐器里最难，最要功夫的，是胡琴。别看它只有两根弦，很简单，越是简单的东西越不好弄。他拉的胡琴我拉不了，弓子硬马尾多，滴的松香很厚，松香拉出一道很窄的深槽，我一拉，马尾就跑到深槽的外面来了。父亲不在家的时候我有时使劲拉一小段，我父亲一看松香就知道我动过他的胡琴了。他后来不大摆弄别的乐器了，只有胡琴是一直拉着的。

摒挡丝竹以后，父亲大部分时间用于画画和刻图章。他画画并无真正的师承，只有几个画友。画友中过从较密的是铁桥，是一个和尚，善因寺的方丈。我写的小说《受戒》里的石桥，就是以他为原型的。铁桥曾在苏州邓尉山一个庙里住过，他作画有时下款题为"邓尉山僧"。我父亲第二次结婚，娶我的第一个继母，新房里就挂了铁桥的一个条幅，泥金纸，上角画了几枝桃花，两只燕子，款题"淡如仁兄嘉礼弟铁桥写贺"。在新房里挂一幅和尚的画，我的父亲可谓全无禁忌；这位和尚和俗人称兄道弟，也真是不拘礼法。我上小学的时候，就觉得他们有点"胡来"。这条画的两边还配了我的一个舅舅写的一副虎皮宣的对子："蝶欲试花犹护粉，莺初学啭尚羞簧。"我后来懂得对联的意思了，觉得实在很不像话！铁桥能画，也能写。他的字写石鼓，画法任伯年。根据我的印象，都是相当有功力的。我父亲和铁桥常来往，画风却没有怎么受他的影响。也画过一阵工笔花卉。我们那里的画家有一种理论，画画要从工笔入手，也许是有道理的。扬州有一位专画菊花的画家，这位画家画菊按朵论价，每朵大洋一元。父亲求他画了一套菊谱，二尺见方的大册页。我有个姑太爷，也是画画的，说："像他那样的玩法，我们玩不起！"兴化有一位画家徐子兼，画猴子，也画工笔花卉。我父亲也请他画了一套册页。有一开画的是罂粟花，薄瓣透明，十分绚丽。一开是月季，题了两行字："春水蜜波为花写照"。"春水""蜜波"是月季的两个品种，我觉得这名字起得很美，一直不忘。我见过父亲画工笔菊花，原来花头的颜色不是一次敷染，要"加"几道。扬州有菊花名种"晓色"，父亲说这种颜色最不好画。"晓色"，很空灵，不好捉摸。他画成了，我一看，是晓色！他后来改了画写意，用笔略似吴昌硕，照我看，我父亲的画是有功力的，但是"见"得少，没有行万里路，多识大家真迹，受了限制。他又不会作诗，题画多用前人陈句，故布局平稳，缺少创意。

父亲刻图章，初宗浙派，清秀规矩。他年轻时刻过一套《陋室铭》印谱，有几方刻得不错，但是过于着意，很拘谨。有"兰带""折钉"，都是"做"出来的。有一方"草色入帘青"是双钩，我小时觉得很好看，稍大，即觉得纤巧小气。《陋室铭》印谱只是他初学刻印的成绩。三十多岁后，渐渐豪放，以治汉印为主。他有一套端方的《匋斋印存》，经常放在案头。有时也刻浙派少印。我记得他给一个朋友张仲陶刻过一块青田冻石小长方印，文曰"中匋"，实在漂亮。"中匋"两字也很好安排。

刻印的人多喜藏石。父亲的石头是相当多的，他最心爱的是三块田黄，我在小说《岁寒三友》中写的靳彝甫的三块田黄，实际上写的是我父亲的三块图章。

他盖章用的印泥是自己做的。用的是"大劈砂"，这是朱砂里最贵重的。大劈砂深紫色，片状，制成印泥，鲜红夺目。他说见过一些明朝画，纸色已经灰暗，而印色鲜明不变。大劈砂盖的图章可以"隐指"，即用手指摸摸，印文是鼓出的。他的画室的书橱里摆了一列装在玻璃瓶里的大劈砂和陈年的蓖麻子油，蓖麻油是调印色用的。

我父亲手很巧，而且总是活得很有兴致。他会做各种玩意。元宵节，他用通草（我们家开药店，可以选出很大片的通草）为瓣，用画牡丹的西洋红（西洋红很贵，齐白石作画，有一个时期如用西洋红，是要加价的）染出深浅，做成一盏荷花灯，点了蜡烛，比真花还美。他用蝉翼笺染成浅绿，以铁丝为骨，做了一盏纺织娘灯，下安细竹棍。我和姐姐提了，举着这两盏灯上街，到邻居家串门，好多人围着看。清明节前，他糊风筝。有一年糊了一只蜈蚣（我们那里叫"百脚"），是绢糊的，他用药店里称麝香用的小戥子约蜈蚣两边的鸡毛——鸡毛必须一样重，否则上天就会打滚。他放这只蜈蚣不是用的一般线，是胡琴的老弦。我们那里用老弦放风筝的，家父实为第一人（用老弦放风筝，风筝可以笔直地飞上去，没有"肚子"）。他带了几个孩子在傅公桥麦田里放风筝。这时麦子尚未"起身"，是不怕踩的，越踩越旺。春服既成，惠风和畅，我父亲这个孩子头带着几个孩子，在碧绿的麦垅间奔跑呼叫，为乐如何？我想念我的父亲（我现在还常常梦见他），想念我的童年，虽然我现在是七十二岁，皤然一老了。夏天，他给我们糊养金铃子的盒子。他用钻石刀把玻璃裁成一小块一小块，再合拢，接缝处用皮纸糨糊固定，再加两道细蜡笺条，成了一只船、一座小亭子、一个八角玲珑玻璃球，里面养着金铃子。隔着玻璃，可以看到金铃子在里面爬，吃切成小块的梨，张开翅膀"叫"。秋天，买来拉秧的小西瓜，把瓜瓤掏空，在瓜皮上镂刻出很细致的图案，做成几盏西瓜灯，西瓜灯里点了蜡烛，洒下一片绿光，父亲鼓捣半天。就为让孩子高兴一晚上。我的童年是很美的。

我母亲死后，父亲给她糊了几箱子衣裳，单夹皮棉，四时不缺。他不知从哪里搜罗来各种颜色，砑出各种花样的纸。听我大姑妈说，他糊的皮衣跟真的一样，能分出滩羊、灰鼠。这些衣服我没看见过，但他用剩的色纸，我见过。我们用来折"手工"。有一种纸，银灰色，正像当时时兴的"慕本缎子"。

我父亲为人很随和，没架子。他时常周济穷人，参与一些有关公益的事情。因此在地方上人缘很好。民国二十年发大水，大街成了河。我每天看见他蹚着齐胸的水出去，手里横执了一根很粗的竹篙，穿一身直罗褂。他出去，主要是办赈济。我在小说《钓鱼的医生》里写王淡人有一次乘了船，在腰里系了铁链，让几个水性很好的船工也在腰里系了铁链，一头拴在王淡人的腰里，冒着生命危险，渡过激流，到一个被大水围困的孤村去为人治病，这写的实际是我父亲的事。不过他不是去为人治病，而是去送"华洋义赈会"发来的面饼（一种很厚的面饼，山东人叫"锅盔"）。这件事写进了地方上人送给我祖父的六十寿序里，我记得很清楚。

父亲后来以为人医眼为职业。眼科是汪家祖传。我的祖父、大伯父都会看眼科。我不知道父亲懂眼科医道。我十九岁离开家乡，离乡之前，我没见过他给人看眼睛。去年回乡，我的妹婿给我看了一册父亲手抄的眼科医书，字很工整，是他年轻时抄的。那么，他是在眼科上下过功夫的。听说他的医术还挺不错。有一邻居的孩子得了眼疾，双眼肿得像桃子，眼球红得像大红缎子。父亲看过，说不要紧。他叫孩子的父亲到阴城（一片乱葬坟场，很大，很野，据说韩世忠在这里打过仗）去捉两个大田螺来。父亲在田螺里倒进两管鹅翎眼药，两撮冰片，把田螺扣在孩子的眼睛上，过了一会儿田螺壳裂了。据那个孩子说，他睁开眼，看见天是绿的。孩子的眼好了。一生没有再犯过眼病。田螺治眼，我在任何医书上没看见过，也没听说过。这个"孩子"现在还在，已经五十几岁了，是个理发师傅。去年我回家乡，从他的理发店门前经过，那天，他又把我父亲给他治眼的经过，向我的妹婿详细地叙述了一次。这位理发师傅希望我给他的理发店写一块招牌。当时我很忙，没有来得及给他写。我会给他写的。一两天就写了托人带去。

我父亲配制过一次眼药。这个配方现在还在，但是没有人配得起，要几十种贵重的药，包括冰片、麝香、熊胆、珍珠……珍珠要是人戴过的。父亲把祖母帽子上的几颗大珠子要了去。听我的第二个继母说，他制药极其虔诚，三天前就洗了澡（"斋戒沐浴"），一个人住在花园里，把三道门都关了，谁也不让去。

父亲很喜欢我。我母亲死后，他带着我睡。他说我半夜醒来就笑。那时我三岁（实年）。我到江阴去投考南菁中学，是他带着我去的。住在一个市庄的栈房里，臭虫很多。他就点了一支蜡烛，见有臭虫，就用蜡烛油滴在它身上。第二天我醒来，看见席子上好多好多蜡烛油点子。我美美地睡了一夜，父亲一夜未睡。我在昆明时，他还在信封里用玻璃纸包了一小包"虾松"寄给我。我父亲很会做菜，而且能别出心裁。我的祖父春天忽然想吃螃蟹。这时候哪里去找螃蟹？父亲就用瓜鱼（即水仙鱼）给他伪造了一盘螃蟹，据说吃起来跟真螃蟹一样。"虾松"是河虾剁成米粒大小，掺以小酱瓜丁，入温油炸透。我也吃过别人做的"虾松"，都比不上我父亲的手艺。

我很想念我的父亲，现在还常常做梦梦见他。我的那些梦本和他不相干，我梦里的那些事，他不可能在场，不知道怎么会掺和进来了。

一九九二年五月二十八日

载一九九二年第八期《作家》

我的母亲

我父亲结过三次婚。我的生母姓杨。我不知道她的学名。杨家不论男女都是排行的。我母亲那一辈"遵"字排行,我母亲应该叫杨遵什么。前年我写信问我的姐姐我们的母亲叫什么。姐姐回信说:叫"强四"。我觉得很奇怪,怎么叫这么个名呢?是小名么?也不大像。我知道我母亲不是行四。一个人怎么会连自己母亲的名字都不知道呢?因为我母亲活着的时候我太小了。

我三岁的时候,母亲就故去了。我对她一点印象都没有。她得的是肺病,病后即移住在一个叫"小房"的房间里,她也不让人把我抱去看她。我只记得我父亲用一个煤油箱自制了一个炉子。煤油箱横放着,有两个火口,可以同时为母亲熬粥,熬参汤、燕窝。另外还记得我父亲雇了一只船陪她到淮城去就医,我是随船去的。还记得小船中途停泊时,父亲在船头钓鱼,我记得船舱里挂了好多大头菜。我一直记得大头菜的气味。

我只能从母亲的画像看看她。据我的大姑妈说,这张像画得很像。画像上的母亲很瘦,眉尖微蹙。样子和我的姐姐很相似。我母亲是读过书的。她病倒之前每天还写一张大字。我曾在我父亲的画室里找出一摞母亲写的大字,字写得很清秀。

前年我回家乡,见着一个老邻居,她记得我母亲。看见过我母亲在花园里看花——这家邻居和我们家的花园只隔一堵短墙。我母亲叫她"小新娘子"。"小新娘子,过来过来,给你一朵花戴。"我于是好像看见母亲在花园里看花,并且觉得她对邻居很和善。这位"小新娘子"已经是八十多岁的老太太了!

我还记得我母亲爱吃京冬菜。这东西我们家乡是没有的,是托做京官的亲戚带回来的,装在陶制的罐子里。

我母亲死后,她养病的那间"小房"锁了起来,里面堆放着她生前用的东西,全部嫁妆——"摞橱"、皮箱和铜火盆,朱漆的火盆架子……我的继母有时开锁进去,取一两样东西,我跟着进去看过。"小房"外面有一个小天井。靠南有一个秋叶形的小花台。花台上开了一些秋海棠。这些海棠自开自落,没人管它。花很伶仃,但是颜色很红。

我的第一个继母娘家姓张。他们家原来在张家庄住，是个乡下财主。后来在城里盖了房子，才搬进城来。房子是全新的，新砖，新瓦，油漆的颜色也都很新。没有什么花木，却有一片很大的桑园。我小时就觉得奇怪，又不养蚕，种那么多桑树做什么？桑树都长得很好，干粗叶大，是湖桑。

我的继母幼年丧母，她是跟姑妈长大的，姑妈家姓吴。继母的姑妈年轻守寡。她住的房子二梁上挂着一块匾，朱地金字："松贞柏节"，下款是"大总统题"。这大总统不知是谁，是袁世凯？还是黎元洪？吴家家境不富裕，住的房子是张家的三间偏房。老姑奶奶有两个儿子，一个叫大和子，一个叫小和子。两个儿子都没上学校，念了几年私塾，专学珠算。同年龄的少年学"鸡兔同笼"，他们却每天打"归除""斤求两，两求斤"。他们是准备到钱庄去学生意的。

我的继母归宁，也到她的继母屋里坐坐，但大部分时间都在这三间偏房里和姑妈在一起。我父亲到老丈人那边应酬应酬，说些淡话，也都在"这边"陪姑妈闲聊。直到"那边"来请坐席了，才过去。

继母身体不好。她婚前咳嗽得很厉害，和我父亲拜堂时是服用了一种进口的杏仁露压住的。

她是长女，但是我的外公显然并不钟爱她。她的陪嫁妆奁是不丰的。她有时准备出门作客，才戴一点首饰。比较好的首饰是副翡翠耳环。有一次，她要带我们到外公家拜年，她打扮了一下，换了一件灰鼠的皮袄。我觉得她一定会冷。这样的天气，穿一件灰鼠皮袄怎么行呢？然而她只有一件皮袄。我忽然对我的继母产生了一种说不出来的感情。我可怜她，也爱她。

后娘不好当。我的继母进门就遇到一个局面，"前房"（我的生母）留下三个孩子：我姐姐，我，还有一个妹妹。这对于"后娘"当然会是沉重的负担。上有婆婆，中有大姑子，小姑子，还有一些亲戚邻居，她们都拿眼睛看着，拿耳朵听着。

也许我和娘（我们都叫继母为娘）有缘，娘很喜欢我。

她每次回娘家，都是吃了晚饭才回来。张家总是叫了两辆黄包车，姐姐和妹妹坐一辆，娘搂着我坐一辆。张家有个规矩（这规矩是很多人家都有的），姑娘回自己婆家，要给孩子手里拿两根点着了的安息香。我于是拿着两根安息香，偎在娘怀里。黄包车慢慢地走着。两旁人家、店铺的影子向后移动着，我有点迷糊。闻着安息香的香味，我觉得很幸福。

小学一年级时，冬天，有一天放学回家，我大便急了，憋不住，拉在裤子里了（我记得我拉的屎是热腾腾的）。我兜着一裤兜屎，一扭一扭地回了家。我的继母一闻，二话没说，赶紧烧水，给我洗了屁股。她把我擦干净了，让我围着棉被坐着。接着就给我洗衬裤刷棉裤。她不但没有说我一句，连眉头都没有皱一下。

我妹妹长了头虱，娘煎草药给她洗头，用篦子给她篦头发。张氏娘认识字，念过《女儿经》。《女儿经》有几个版本，她念过的那本，她从娘家带过来，我看过。里面有这样的句子："张家长，李家短，别人的事情我不管。"她就是按照这一类道德规范做人的。她有时念经:《金刚经》《心经》《高王经》。她是为她的姑妈念的。

她做的饭菜有些是乡下做法，比如番瓜（南瓜）熬面疙瘩、煮百合先用油炒一下。我觉得这样的吃法很怪。

她死于肺病。

我的第二个继母姓任。任家是邵伯大地主，庄园有几座大门，庄园外有壕沟吊桥。

我父亲是到邵伯结的婚。那年我已经十七岁，读高二了。父亲写信给我和姐姐，叫我们去参加他的婚礼。任家派一个长工推了一辆独轮车到邵伯码头来接我们。我和姐姐一人坐一边。我第一次坐这种独轮车,觉得很有趣。

我已经很大了,任氏娘对我们很客气,称呼我是"大少爷"。我十九岁离开家乡到昆明读大学。一九八六年回乡,这时娘才改口叫我"曾祺"——我这时已经六十六岁,也不是什么"少爷"了。我对任氏娘很尊敬。因为她伴随我的父亲度过了漫长的很艰苦的沧桑岁月。

她今年八十六岁。

一九九二年七月十一日
载一九九三年第二期《作家》

我的祖父祖母

我的祖父名嘉勋，字铭甫。他的本名我只在名帖上见过。我们那里有个风俗，大年初一，多数店铺要把东家的名帖投到常有来往的别家店铺。初一，店铺是不开门的，都是天不亮由门缝里插进去。名帖是前两天由店铺的"相公"（学生）在一张一张八寸长、五寸宽的大红纸上用一个木头戳子蘸了墨汁盖上去的，楷书，字有核桃大。我有时也愿意盖几张。盖名帖使人感到年就到了。我盖一张，总要端详一下那三个乌黑的欧体正字：汪嘉勋，好像对这三个字很有感情。

祖父中过拔贡，是前清末科，从那以后就废科举改学堂了。他没有能考取更高的功名，大概是终身遗憾的。拔贡是要文章写得好的。听我父亲说，祖父的那份墨卷是出名的，那种章法叫作"夹凤股"。我不知道是该叫"夹凤"还是"夹缝"，当然更不知道是如何一种"夹"法。拔贡是做不了官的。功名道断。他就在家经营自己的产业。他是个创业的人。

我们家原是徽州人（据说全国姓汪的原来都是徽州人），迁居高邮，从我祖父往上数，才七代。祠堂里的祖宗牌位没有多少块。高邮汪家上几代功名似都不过举人，所做的官也只是"教谕"、"训导"之类的"学官"，因此，在邑中不算望族。我的曾祖父曾在外地坐过馆，后来做"盐票"亏了本。"盐票"亦称"盐引"，是包给商人销售官盐的执照，大概是近似股票之类的东西，我也弄不清做盐票怎么就会亏了，甚至把家产都赔尽了。听我父亲说，我们后来的家业是祖父几乎是赤手空拳地创出来的。

创业不外两途：置田地，开店铺。

祖父手里有多少田，我一直不清楚。印象中大概在两千多亩，这是个不小的数目。但他的田好田不多。一部分在北乡。北乡田瘦，有的只能长草，谓之"草田"。年轻时他是亲自管田的，常常下乡。后来请人代管，田地上的事就不再过问。我们那里有一种人，专替大户人家管田产，叫作"田禾先生"。看青（估产）、收租、完粮、丈地……这也是一套学问。田禾先生大都是世代相传的。我们家的田禾先生姓龙，我们叫他龙先生。他给我留下颇深的印象，是因为他骑驴。我们那里的驴一般都是牵磨用，极少用来乘骑。龙先生的家不在城里，在五里坝。他每逢进城办事或到别的乡下去，都是骑驴。他的驴拴在檐下，我爱喂它吃粽子叶。龙先生总是关照我把包粽子的麻筋拣干净，说驴吃了会把肠子缠住。

祖父所开的店铺主要是两家药店：一家万全堂，在北市口；一家保全堂，在东大街。这两家药店过年贴的春联是祖父自撰的。万全堂是"万花仙掌露，全树上林春"，保全堂是"保我黎民，全登寿域"。祖父的药店信誉很好，他坚持必须卖"地道药材"。药店一般倒都不卖假药，但是常常不很地道。尤其是丸散，常言"神仙难识丸散"，连做药店的内行都不能分辨这里该用的贵重药料，麝香、珍珠、冰片之类是不是上色足量。万全堂的制药的过道上挂着一副金字对联："修合虽无人见，存心自有天知。"并非虚语。我们县里有几个门面辉煌的大药店，店里的店员生了病，配方抓药，都不在本店，叫家里人到万全堂抓。祖父并不到店问事，一切都交给"管事"（经理）。只到每年腊月二十四，由两位管事挟了总账，到家里来，向祖父报告一年营业情况。因为信誉好，盈利是有保证的。我常到两处药店去玩，尤其是保全堂，几乎每天都去。我熟习一些中药的加工过程，熟悉药材的形状、颜色、气味。有时也参加搓"梧桐子大"的蜜丸，碾药，摊膏药。保全堂的"管事"、"同事"（配药的店员）、"相公"（学生意未满师的）跟我关系很好。他们对我有一个很亲切的称呼，不叫我的名字，叫"黑少"——我小名叫黑子。我这辈子没有别人这样称呼过我。我的小说《异秉》写的就是保全堂的生活。

祖父是很有名的眼科医生。汪家世代都是看眼科的。他有一球眼药，有一个柚子大，黑咕隆咚的。祖父给人看了眼，开了方子，祖母就用一把大剪子从黑柚子的窟窿里抠出耳屎大一小块，用纸包了交给病人，嘱咐病人用清水化开，用灯草点在眼里。这一球眼药不知道有多少年头了，据说很灵。祖父为人看眼病是不收钱也不受礼的。

中年以后，家道渐丰，但是祖父生活俭朴，自奉甚薄。他爱喝一点好茶，西湖龙井。饭食很简单。他总是一个人吃，在堂屋一侧放一张"马机"——较大的方凳，便是他的餐桌。坐小板凳。他爱吃长鱼（鳝鱼）汤下面。面下在白汤里，汤里的长鱼捞出来便是酒菜。——他每顿用一个五彩釉画公鸡的茶盅喝一盅酒。没有长鱼，就用咸鸭蛋下酒。一个咸鸭蛋吃两顿。上顿吃一半，把蛋壳上掏蛋黄蛋白的小口用一块小纸封起来，下顿再吃。他的马机上从来没有第二样菜。喝了酒，常在房里大声背唐诗："李白斗酒诗百篇，长安市上酒家眠。天子呼来不上船，自称臣是酒……中……仙……"汪铭甫的俭省，在我们县是有名的。

但是他曾有一个时期舍得花钱买古董字画。他有一套商代的彝鼎，是祭器。不大，但都有铭文。难得的是五件能配成一套。我们县里有钱人家办丧事，六七开吊，常来借去在供桌上摆一天。有一个大霁红花瓶，高可四尺，是明代物。一九八六年我回乡时，我的妹婿问我："人家都说汪家有个大霁红花瓶，是有过么？"我说："有过！"我小时天天看见，放在"老爷柜"（神案）上，不过我们并不觉得它有什么名贵，和老爷柜上的锡香炉烛台同等看待之。他有一个奇怪古董：浑天仪。不是陈列在南京紫金山天文台和北京观象台的那种大家伙，只是一个直径约四寸的铜的溜圆的圆球，上面有许多星星，下面有一个把，安在紫檀木座上。就放在他床前的小条桌上。我曾趴在桌上细细地看过，没有什么好看。是明代御造的。其珍贵处在一次一共只造了几个。祖父不知是从哪里买来的。他还为此起了一个斋名"浑天仪室"，让我父亲刻了一块长方形的图章。他有几张好画。有四幅马远的小屏条。他曾为这四张画亲自到苏州去，请有名的细木匠做了檀木框，把画嵌在里面。对这四幅画的真伪，我有点怀疑，画的构图颇满，不像"马一角"。但"年份"是很旧的。有一个高约八尺的绢地大中堂，画的是"报喜图"。一棵很大的柏树，树上有十多只喜鹊，下面卧着一头豹子。作者是吕纪。我小时候不知吕纪是何许人，只觉得画得很像，豹子的毛是一根一根都画出来的，真亏他有那么多工夫！这几幅画平常是不让人见的，只在他六十大寿时拿出来挂过。同时挂出来的字画，我记得有郑板桥的六尺大横幅，纸本，画的是兰花；陈曼生的隶书对联；汪琬的楷书对联。我对汪琬的对子很有兴趣，字很端秀，尤其是对子的纸，真好看，豆绿色的蜡笺。他有很多字帖，是一次从夏家买下来的。夏家是百年以上的大家，号"十八鹤来堂夏家"（据说堂建成时有十八只仙鹤飞来）。夏家的房屋极多而大，花园里有合抱的大桂花，有曲沼流泉，人称"夏家花园"。后来败落了，就出卖藏书字画。祖父把几箱字帖都买了。我小时候写的《圭峰碑》、《闲邪公家传》，以及后来奖励给我的虞世南的《夫子庙堂碑》、褚遂良的《圣教序》、小字《麻姑仙坛》，都是初拓本，原是夏家的东西。祖父有两件宝。一是一块蕉叶白大端砚。据我父亲说，颜色正如芭蕉叶的背面。是夏之蓉的旧物。一是《云麾将军碑》，据说是个很早的拓本，海内无二。这两样东西祖父视为性命，每遇"兵荒"，就叫我父亲首先用油布包了埋起来。这两件宝物，我都没有看见过。解放后还在，现在不知下落。

我弄不清祖父的"思想"是怎么回事。他是幼读孔孟之书的，思想的基础当然是儒家。他是学佛的，在教我读《论语》的桌上有一函《南无妙法莲华经》。他是印光法师的弟子。他屋里的桌上放的两部书，一部是顾炎武的《日知录》，另一部是《红楼梦》！更不可理解的是，他订了一份杂志：邹韬奋编的《生活周刊》。

我的祖父本来是有点浪漫主义气质,诗人气质的,只是因为所处的环境,使他的个性不可能得到发展。有一年,为了避乱,他和我父亲这一房住在乡下一个小庙里,即我的小说《受戒》所写的菩提庵里,就住在小说所写"一花一世界"那间小屋里。这样他就常常让我陪他说说闲话。有一天,他喝了酒,忽然说起年轻时的一段风流韵事,说得老泪纵横。我没怎么听明白,又不敢问个究竟。后来我问父亲:"是有那么一回事吗?"父亲说:"有!是一个什么大官的姨太太。"老人家不知为什么要跟他的孙子说起他的艳遇,大概他的尘封的感情也需要宣泄宣泄吧。因此我觉得我的祖父是个人。

我的祖母是谈人格的女儿。谈人格是同光间本县最有名的诗人,一县人都叫他"谈四太爷"。我的小说《徙》里所写的谈甓渔就是参照一些关于他的传说写的。他的诗我在小说《故里杂记·李三》的附注里引用过一首《警火》。后来又读了友人从旧县志里抄出寄来的几首。他的诗明白晓畅,是"元和体",所写多与治水、修坝、筑堤有关,是"为事而发",属闲适一类者较少。看来他是一个关心时务的明白人,县人所传关于他的糊涂放诞的故事不怎么可靠。

祖母是个很勤劳的人,一年四季不闲着。做酱。我们家吃的酱油都不到外面去买。把酱豆瓣加水熬透,用一个牛腿似的布兜子"吊"起来，酱油就不断由布兜的末端一滴一滴滴在盆里。这"酱油兜子"就挂在祖母所住房外的廊檐上。逢年过节，有客人，都是她亲自下厨。她做的鱼圆非常嫩。上坟祭祖的祭菜都是她做的。端午，包粽子。中秋洗"连枝藕"——藕得有五节，极肥白，是供月亮用的。做糟鱼。糟鱼烧肉，我小时候不爱吃那种味儿，现在想起来是很好吃的东西。腌咸蛋。入冬，腌菜。腌"大咸菜"，用一个能容五担水的大缸腌"青菜"。我的家乡原来没有大白菜，只有青菜，似油菜而大得多。腌芥菜。腌"辣菜"，——小白菜晾去水分，入芥末同腌，过年时开坛，色如淡金，辣味冲鼻，极香美。自离家乡，我从来没吃过这么好吃的咸菜。风鸡，——大公鸡不去毛，揉入粗盐，外包荷叶，悬之于通风处，约二十日即得，久则愈佳。除夕，要吃一顿"团圆饭"，祖父与儿孙同桌。团圆饭必有一道鸭羹汤，鸭丁与山药丁、慈菇丁同煮。这是徽州菜。大年初一，祖母头一个起来，包"大圆子"，即汤团。我们家的大圆子特别"油"。圆子馅前十天就以洗沙猪油拌好，每天放在饭锅头蒸一次，油都"吃"进洗沙里去了，煮出，咬破，满嘴油。这样的圆子我最多能吃四个。

祖母的针线很好。祖父的衣裳鞋袜都是她缝制的。祖父六十岁时，祖母给他做了几双"挖云子"的鞋，——黑呢鞋面上挖出"云子"，内衬大红薄呢里子。这种鞋我只在戏台上和古画上见过。老太爷穿上,高兴得像个孩子。祖母还会剪花样。我的小说《受戒》写小英子的妈赵大娘会剪花样,这细节是从我祖母身上借去的。

祖母对祖父照料得非常周到。每天晚上用一个"五更鸡"(一种点油的极小的炉子)给他炖大枣。祖父想吃点甜的,又没有牙,祖母就给他做花生酥——花生用饼槌碾细,掺绵白糖,在一个针箍子(即顶针)里压成一个个小圆糖饼。

祖母是吃长斋的。有一年祖父生了一场大病。她在佛前许愿,从此吃了长斋。她吃的菜离不了豆腐、面筋、皮子(豆腐皮)……她的素菜里最好吃的是香蕈饺子。香蕈(即冬菇)熬汤,芥菜馅包小饺子,油炸后倾入滚汤中,嗤拉一声。这道菜她一生中也没有吃过几次。

她没有休息的时候。没事时也总在捻麻线。一个牛拐骨,上面有个小铁钩,续入麻丝后,用手一转牛拐,就捻成了麻线。我不知道她捻那么多麻线干什么,肯定是用不完的。小时候读归有光的《先妣事略》:"孺人不忧米盐,乃劳苦若不谋夕。"觉得我的祖母就是这样的人。

祖母很喜欢我。夏天晚上,我们在天井里乘凉,她有时会摸着黑走过来,躺在竹床上给我"说古话"(讲故事)。有时她唱"偈",声音哑哑的:"观音老母站桥头……"这是我听她唱过的唯一的"歌"。

一九九一年十月，我回了一趟家乡，我的妹妹、弟弟说我长得像祖母。他们拿出一张祖母的六寸相片，我一看，是像，尤其是鼻子以下，两腮，嘴，都像。我年轻时没有人说过我像祖母。大概年轻时不像，现在，我老了，像了。

一九九一年一月二十二日
载一九九二年第四期《作家》

多年父子成兄弟

这是我父亲的一句名言。

父亲是个绝顶聪明的人。他是画家,会刻图章,画写意花卉。图章初宗浙派,中年后治汉印。他会摆弄各种乐器,弹琵琶,拉胡琴,笙箫管笛,无一不通。他认为乐器中最难的其实是胡琴,看起来简单,只有两根弦,但是变化很多,两手都要有功夫。他拉的是老派胡琴,弓子硬,松香滴得很厚——现在胡琴的松香都只滴了薄薄的一层,他的胡琴音色刚亮。胡琴码子都是他自己刻的,他认为买来的不中使。他养蟋蟀养金铃子,他养过花,他养的一盆素心兰在我母亲病故那年死了,从此他就不再养花。我母亲死后,他亲手给她做了几箱子冥衣——我们那里有烧冥衣的风俗。按照母亲生前的喜好,选购了各种素色花纸做衣料,单夹皮棉,四时不缺。他做的皮衣能分得出小麦穗、羊羔、灰鼠、狐肷。

父亲是个很随和的人,我很少见他发过脾气,对待子女,从无疾言厉色。他爱孩子，喜欢孩子，爱跟孩子玩，带着孩子玩。我的姑妈称他为"孩子头"。春天，不到清明，他领一群孩子到麦田里放风筝。放的是他自己糊的蜈蚣（我们那里叫"百脚"），是用染了色的绢糊的。放风筝的线是胡琴的老弦。老弦结实而轻，这样风筝可笔直地飞上去，没有"肚儿"。用胡琴弦放风筝，我还未见过第二人。清明节前，小麦还没有"起身"，是不怕践踏的，而且越踏会越长得旺。孩子们在屋里闷了一冬天，在春天的田野里奔跑跳跃，身心都极其畅快。他用钻石刀把玻璃裁成不同形状的小块，再一块一块斗拢，接缝处用胶水粘牢，做成小桥、小亭子、八角玲珑水晶球。桥、亭、球是中空的，里面养了金铃子。从外面可以看到金铃子在里面自在爬行，振翅鸣叫。他会做各种灯。用浅绿透明的"鱼鳞纸"扎了一只纺织娘，栩栩如生。用西洋红染了色，上深下浅，通草做花瓣，做了一个重瓣荷花灯，真是美极了。用小西瓜（这是拉秧的小瓜，因其小，不中吃，叫作"打瓜"或"笃瓜"）上开小口挖净瓜瓤，在瓜皮上雕镂出极细的花纹，做成西瓜灯。我们在这些灯里点了蜡烛，穿街过巷，邻居的孩子都跟过来看，非常羡慕。

　　父亲对我的学业是关心的，但不强求。我小时候，国文成绩一直是全班第一。我的作文，时得佳评，他就拿出去到处给人看。我的数学不好，他也不责怪，只要能及格，就行了。他画画，我小时也喜欢画画，但他从不指点我。他画画时，我在旁边看，其余时间由我自己乱翻画谱，瞎抹。我对写意花卉那时还不太会欣赏，只是画一些鲜艳的大桃子，或者我从来没有见过的瀑布。我小时字写得不错，他倒是给我出过一点主意。在我写过一阵"圭峰碑"和"多宝塔"以后，他建议我写写"张猛龙"。这建议是很好的，到现在我写的字还有"张猛龙"的影响。我初中时爱唱戏，唱青衣，我的嗓子很好，高亮甜润。在家里，他拉胡琴，我唱。我的同学有几个能唱戏的。学校开园乐会，他应我的邀请，到学校去伴奏。几个同学都只是清唱，有一个姓费的同学借到一顶纱帽，一件蓝官衣，扮起来唱《朱砂井》，但是没有配角，没有衙役，没有犯人，只是一个赵廉，摇着马鞭在台上走了两圈，唱了一段"郡坞县在马上心神不定"便完事下场。父亲那么大的人陪着几个孩子玩了一下午，还挺高兴。我十七岁初恋，暑假里，在家写情书，他在一旁瞎出主意。我十几岁就学会了抽烟喝酒。他喝酒，给我也倒一杯。抽烟，一次抽出两根他一根我一根。他还总是先给我点上火。我们的这种关系，他人或以为怪。父亲说："我们是多年父子成兄弟。"

我和儿子的关系也是不错的。我戴了"右派分子"的帽子下放张家口农村劳动，他那时从幼儿园刚毕业，刚刚学会汉语拼音，用汉语拼音给我写了第一封信。我也只好赶紧学会汉语拼音，好给他写回信。"文化大革命"期间，我被打成"黑帮"，送进"牛棚"。偶尔回家，孩子们对我还是很亲热。我的老伴告诫他们"你们要和爸爸'划清界限'"，儿子反问母亲："那你怎么还给他打酒？"只有一件事，两代之间，曾有分歧。他下放山西忻县"插队落户"，按规定，春节可以回京探亲。我们等着他回来。不料他同时带回了一个同学。他这个同学的父亲是一位正受林彪迫害，搞得人囚家破的空军将领。这个同学在北京已经没有家。按照大队的规定是不能回北京的，但是孩子很想回北京，在一伙同学的秘密帮助下，我的儿子就偷偷地把他带回来了。他连"临时户口"也不能上，是个"黑人"，我们留他在家住，等于"窝藏"了他。公安局随时可以来查户口，街道办事处的大妈也可能举报。当时人人自危，自顾不暇，儿子惹了这么一个麻烦，使我们非常为难。我和老伴把他叫到我们的卧室，对他的冒失行为表示不满。我责备他："怎么事前也不和我们商量一下！"我的儿子哭了，哭得很委屈，很伤心。我们当时立刻明白了：他是对的，我们是错的。我们这种怕担干系的思想是庸俗的。我们对儿子和同学之间的义气缺乏理解，对他的感情不够尊重。他的同学在我们家一直住了四十多天，才离去。

对儿子的几次恋爱，我采取的态度是"闻而不问"。了解，但不干涉。我们相信他自己的选择，他的决定。最后，他悄悄和一个小学时期的女同学好上了，结了婚。有了一个女儿，已近七岁。

我的孩子有时叫我"爸"，有时叫我"老头子！"。连我的孙女也跟着叫。我的亲家母说这孩子"没大没小"。我觉得一个现代化的充满人情味的家庭，首先必须做到"没大没小"。父母叫人敬畏，儿女"笔管条直"最没有意思。

儿女是属于他们自己的。他们的现在，和他们的未来，都应由他们自己来设计。一个想用自己理想的模式塑造自己孩子的父亲是愚蠢的，而且，可恶！另外作为一个父亲，应该尽量保持一点童心。

一九九〇年九月一日
载一九九一年第一期《福建文学》

冬天

天冷了，堂屋里上了槅子。槅子，是春暖时卸下来的，一直在厢屋里放着。现在，搬出来，刷洗干净了，换了新的粉连纸，雪白的纸。上了槅子，显得严紧，安适，好像生活中多了一层保护。家人闲坐，灯火可亲。

床上拆了帐子，铺了稻草。洗帐子要捡一个晴朗的好天，当天就晒干。夏布的帐子，晾在院子里，夏天离得远了。稻草装在一个布套里，粗布的，和床一般大。铺了稻草，暄腾腾的，暖和，而且有稻草的香味，使人有幸福感。

不过也还是冷的。南方的冬天比北方难受，屋里不生火。晚上脱了棉衣，钻进冰凉的被窝里，早起，穿上冰凉的棉袄棉裤，真冷。

放了寒假，就可以睡懒觉。棉衣在铜炉子上烘过了，起来就不是很困难了。尤其是，棉鞋烘得热热的，穿进去真是舒服。

我们那里生烧煤的铁火炉的人家很少。一般取暖，只是铜炉子，脚炉和手炉。脚炉是黄铜的，有多眼的盖。里面烧的是粗糠。粗糠装满，铲上几铲没有烧透的芦柴火（我们那里烧芦苇，叫作"芦柴"）的红灰盖在上面。粗糠引着了，冒一阵烟，不一会儿，烟尽了，就可以盖上炉盖。粗糠慢慢延烧，可以经很久。老太太们离不开它。闲来无事，抹抹纸牌，每个老太太脚下都有一个脚炉。脚炉里粗糠太实了，空气不够，火力渐微，就要用"拨火板"沿炉边挖两下，把粗糠拨松，火就旺了。脚炉暖人。脚不冷则周身不冷。焦糠的气味也很好闻。仿日本俳句，可以作一首诗："冬天，脚炉焦糠的香。"手炉较脚炉小，大都是白铜的，讲究的是银制的。炉盖不是一个一个圆窟窿，大都是镂空的松竹梅花图案。手炉有极小的，中置炭墼（煤炭研为细末，略加蜜，筑成饼状），以纸煤头引着。一个炭墼能经一天。

冬天吃的菜，有乌青菜、冻豆腐、咸菜汤。乌青菜塌棵，平贴地面，江南谓之"塌苦菜"，此菜味微苦。我的祖母在后园辟小片地，种乌青菜，经霜，菜叶边缘作紫红色，味道苦中泛甜。乌青菜与"蟹油"同煮，滋味难比。"蟹油"是以大螃蟹煮熟剔肉，加猪油"炼"成的，放在大海碗里，凝成蟹冻，久贮不坏，可吃一冬。豆腐冻后，不知道为什么是蜂窝状。化开，切小块，与鲜肉、咸肉、牛肉、海米或咸菜同煮，无不佳。冻豆腐宜放辣椒、青蒜。我们那里过去没有北方的大白菜，只有"青菜"。大白菜是从山东运来的，美其名曰"黄芽菜"，很贵。"青菜"似油菜而大，高二尺，是一年四季都有的，家家都吃的菜。咸菜即是用青菜腌的。阴天下雪，喝咸菜汤。

冬天的游戏：踢毽子，抓子儿，下"逍遥"。"逍遥"是在一张正方形的白纸上，木版印出螺旋的双道，两道之间印出八仙、马、兔子、鲤鱼、虾……每样都是两个，错落排列，不依次序。玩的时候各执铜钱或象棋子为子儿，掷骰子，如果骰子是五点，自"起马"处数起，向前走五步；是兔子，则可向内圈寻找另一个兔子，以子儿押在上面。下一轮开始，自里圈兔子处数起，如是六点，进六步；也许是铁拐李，就寻另一个铁拐李，把子儿押在那个铁拐李上。如果数至里圈的什么图上，则到外圈去找，退回来。点数够了，子儿能进终点（终点是一座宫殿式的房子，不知是月宫还是龙门），就算赢了。次后进入的为"二家""三家"。"逍遥"两个人玩也可以，三个四个人玩也可以。不知道为什么叫作"逍遥"。

早起一睁眼，窗户纸上亮晃晃的，下雪了！雪天，到后园去折腊梅花、天竺果。明黄色的腊梅、鲜红的天竺果，白雪，生意盎然。腊梅开得很长，天竺果尤为耐久，插在胆瓶里，可经半个月。

春粉子。有一家邻居，有一架碓。这架碓平常不大有人用，只在冬天由附近的一二十家轮流借用。碓屋很小，除了一架碓，只有一些筛子、箩。踩碓很好玩，用脚一踏，吱扭一声，碓嘴扬了起来，嘭的一声，落在碓窝里。粉子舂好了，可以蒸糕，做"年烧饼"（糯米粉为蒂，包豆沙白糖，作为饼，在锅里烙熟），搓圆子（即汤团）。舂粉子，就快过年了。

一九八八年十二月二十二日

载一九九八年第一期《中国作家》

我的小学

我读的小学是县立第五小学,简称五小,在城北承天寺的旁边。五小有一支校歌,我在小说《徙》的开头提到这支校歌。歌词如下:

西挹神山爽气,
东来邻寺疏钟,
看吾校巍巍峻宇,
连云栉比列其中。
半城半郭尘嚣远,
无女无男教育同。
桃红李白,芬芳馥郁,
一堂济济坐春风。
愿少年,乘风破浪,
他日毋忘化雨功。

"神山爽气"是秦邮八景之一。"神山"即"神居山",在高邮湖西,我没有去过,"爽气"也不知道是一种什么样子的气。"东来邻寺疏钟"的"邻寺"即承天寺。这倒是每天必须经过的。这是一座古寺,张士诚就是在承天寺称王的。张士诚攻下高邮在至正十三年(1353),称王在次年。那时就有这座寺了。以后也没听说重修过(我没见过重修碑记)。这也就是一个一般的寺庙。一个大雄宝殿,三世佛;殿后是站在鳌鱼头上的南海观音;西侧是罗汉堂,罗汉堂有一口大钟,我写的《幽冥钟》就是写的这口钟;东边是僧众的宿舍和膳堂,廊子上挂了一条很大的木头鱼,画出蓝色的鱼鳞,一口像倒挂的如意云头的铁磬,木鱼铁磬从来没听见敲响过。寺古房旧僧白头,佛像髹漆都暗淡了。看不出一点张士诚即位称王的痕迹。他在什么地方坐朝的呢?总不能在大雄宝殿上,也不会在罗汉堂里。

学校的对面,也就是承天寺的对面,是"天地坛"。原来大概是祭天地的地方,但我从小就没有见过祭过天地。这是一片很大的空地,安下一个足球场还有富余。天地坛四边有砖砌的围墙,但是除了五小的学生来踢球、跑步,可以说毫无用处。坛的四面长满了荒草,草丛中有栒杞,秋天结了很多红果子,我们叫它"狗奶子"。

"巍巍峻宇""连云栉比",实在过于夸张了。一个只有六个班的小学,怎么能有这样高大,这样多的房子呢!

学校门外的地势比校内高,进大门,要下一个慢坡,慢坡是"站砖"铺的。不是笔直的,而是有点弯。不知道为什么,我们对这道弯弯的慢坡很有感情。如果它是笔直的,就没有意思了。

慢坡的东端是门房,同时也是斋夫(校工)詹大胖子的宿舍。詹大胖子墙上挂着一架时钟,桌上有一把铜铃,一个玻璃匣子里放着花生糖、芝麻糖,是卖给学生吃的。学校不许他卖,他还是偷偷地卖。

詹大胖子的房子的对面,隔着慢坡,是大礼堂。大礼堂的用处是做"纪念周",开"同乐会"。平常日子,是音乐教室,唱歌。

大礼堂的北面是校园。校园里花木不多,比较突出的是一架很大的"十姊妹"。我对这个校园留下很深的印象是:有一年我们县境闹蝗虫,蝗虫一过,遮天蔽日,学校里遍地都是蝗虫。我们就见蝗虫就捉,到校园里用两块砖头当磨子,把蝗虫磨得稀烂,蝗虫太可恶了!校园之北,是教务处。一个很大的房间,两边靠墙摆了几张三屉桌,供教员备课,批改学生作业。当中有一张相当大的会议桌。这张会议桌平常不开会,有一个名叫夏普天的教员在桌上画炭画像。这夏普天（不知道为什么，学生背后都不称他为"夏先生"，径称之为"夏普天"，有轻视之意）在教员中有其特别处。一是他穿西服（小学教员穿西服者甚少）；二是他在教小学之外还有一个副业：画像。用一个刻有方格的有四只脚的放大镜，放在一张照片上，在大张的画纸上画了经纬方格，看着放大镜，勾出铅笔细线条，然后用剪秃了的羊毫笔，蘸炭粉，涂出深浅浓淡。说是"涂"不大准确，应该说是"蹭"。我在小学时就知道这不叫艺术，但是有人家请他画，给钱。夏普天的画像真正只是谋生之术。夏家原是大族，后来败落了。夏普天画像，实非不得已。过了好多年，我才知道夏普天是我们县最早的共产党员之一！夏普天给我的印象是：一个非常聪明的人。

教务处的北面是幼稚园。现在一般都叫幼儿园，我入园时叫幼稚园。五小设幼稚园是创举。这个幼稚园是全县第一个幼稚园。

幼稚园的房子是新盖的。一切都是新的。新砖，新瓦，新门，新窗。这座房子有点特别，是六角形的。进门，是一个宽敞明亮的大厅。铺着漆成枣红色的地板，用白漆画出一个很大的圆圈。这圆圈是为了让"小朋友"沿着唱歌跳舞而画出的。"小朋友"每天除了吃点心，大部分时间是唱歌跳舞。规定：上幼稚园的"小朋友"的家里，都要预备一双

"软底鞋"——普通的布鞋,但是鞋底是几层布"绗"出来的软底。

幼稚园的老师是王文英,她是我们县里头一个从"幼稚师范"毕业的专业老师。整个幼稚园只有一个老师,教唱歌、跳舞都是她。我在幼稚园学过很多歌,有一些是"表演唱"。我至今记得的是《小羊儿乖乖》,母亲出去了,狼来了:

狼:小羊儿乖乖,

　　把门儿开开,

　　快点儿开开,

　　我要进来。

小羊:不开不开不能开,

　　　母亲不回来,

　　　谁也不能开。

狼:小兔子乖乖,

　　把门儿开开,

　　快点儿开开,

　　我要进来。

小兔:不开不开不能开,

　　　母亲不回来,

　　　谁也不能开。

狼：小螃蟹乖乖，

　　把门儿开开，

　　快点儿开开，

　　我要进来。

螃蟹：就开就开我就开——（开门）

狼：啊呜！（把小螃蟹吃了）

小羊、小兔：可怜小螃蟹，

　　　　　　从此不回来。

另外还有：

拉锯，送锯，

你来，我去。

拉一把，推一把，

哗啦哗啦起风啦。

小小狗，快快走；

小小猫，快快跑！

（王老师除了教唱，领着小朋友唱，还用一架风琴伴奏。）

幼稚园门外是一个游戏场，有一个沙坑，一架秋千，还有一个"巨人布"。一根粗大的柱子，半截埋在土里，柱顶有一个火炬形的顶子，顶与柱之间是铁的轴辊，柱顶牵出八条粗麻绳。小朋友各攀住一根麻绳，连跑几步，拳起腿一悠，柱顶即转动，小朋友能悠好多圈。我到现在还不知道这个游戏器械为什么叫"巨人布"。也许应该写成"巨人步"。这种游戏大概是从外国传进来的。

在全班小朋友中，我是最受王老师宠爱的。我们那一班临毕业前曾在游戏场上照了一张合影。我骑在一头木马上。这是我第一次留了一回马上英姿（另外还有一个同学骑在一个灰色的木鸭子上，其他小朋友都蹲着，坐着）。

我离开五小后很少和王老师见面。我十九岁离开家乡。和王老师不通音讯。她和我的初中国文老师张道仁先生结了婚，我也不知道。

一九八六年我回了一次故乡，带了两盒北京的果脯，去看张老师和王老师。我给张老师和王老师都写了一张字。给王老师写的是一首不文不白的韵文：

"小羊儿乖乖，
把门儿开开"，
歌声犹在，耳畔徘徊。
念平生美育，

从此培栽。
我今亦老矣，
白髭盈腮。
但师恩母爱，
岂能忘怀。
愿吾师康健，
长寿无灾。

这首"诗"使王老师哭了一个晚上。她对张先生说："我教了那么多学生，还没有一个来看看我的。"张先生非常感慨地再三说："师恩母爱！师恩母爱！……"他说王老师告诉他，我上幼稚园的时候还戴着我妈妈的孝。王老师不说，我还真不记得。

教务处和幼稚园的东面，是一、二、三、四年级教室，两排。两排教室之前是一片空地。空地的路边上有几棵很大的梧桐。到了秋天，落了一地很大的梧桐叶。我很小的时候就知道"一叶落而天下惊秋"，而且不胜感慨。我们捡梧桐子。梧桐子炒熟了，是可以吃的，很香。

往后走，是五年级、六年级教室。这是另外一个区域，不仅因为隔着一个院子，有几棵桂花，而且因为五、六年级是"高年级"（一、二年级是初年级，三、四年级是中年级），到了这里俨然是"大人"了,不再是毛孩子了。

五年级教室在西边的平地上。教室外面是一口塘。塘里有鱼。常常看到有打鱼的来摸鱼,有时摸上很大的一条。从五年级的北窗伸出钓竿,就可以钓鱼。我有一次在窗里看着一条大黑鱼咬了钩,心里怦怦跳。不料这条大黑鱼使劲一挣,把钩线挣断了,它就带着很长的一截钓线游走了!

六年级教室在一座楼上。这楼是承天寺的旧物,年久失修,真是一座"危楼";在楼上用力蹦跳,楼板都会颤动。然而它竟也不倒。

去年回乡,遇到一个小学同班姓许的同学(他现在是有名的中医),说我多年都是全班第一。他大概记得不准,我从三年级后算术就不好。语文(初中年级叫"国语",高年级叫"国文")倒是总是考第一的。

我觉得那时的语文课本有些篇是选得很好的。一年级开头虽然是"大狗跳,小狗叫",后面却有《咏雪》这样的诗:

一片一片又一片,
两片三片四五片,
七片八片九十片,
飞入芦花都不见。

我学这一课时才虚岁七岁，可是已经能够感受到"飞入芦花都不见"的美。我现在写散文、小说所用的方法，也许是从"飞入芦花都不见"悟出的。

二年级课文中有两则谜语，其中一则是：

远观山有色，
近听水无声。
春去花还在，
人来鸟不惊。

谜底是：画。这对培养儿童的想象力是有好处的。我希望教育学家能搜集各个时期的课本，研究研究，吸取有益的部分，用之今日。

教三、四年级语文的老师是周席儒。我记不得他教的课文了，但一直觉得他真是一个纯然儒者。他总是坐在三年级和四年级教室之间的一间小屋的桌上批改学生的作文，"判"大字。他判字极认真，不只是在字上用红笔画圈，遇有画不正处，都用红笔矫正。有"间架"不平衡的字，则于字旁另书此字示范。我是认真看周先生判的字而有所领会的。我的毛笔字稍具功力，是周先生砸下的基础。周先生非常喜欢我。

教五年级国文的是高北溟先生。关于高先生，我写过一篇小说《徙》。小说，自然有很多地方是虚构，但对高先生的为人治学没有歪曲。关于高先生，我在下一篇《初中》中大概还会提到，此处从略。

教六年级国文的是张敬斋，张先生据说很有学问，但是他的出名却是因为老婆长得漂亮，外号"黑牡丹"。他教我们《老残游记》，讲得有声有色。我留下印象最深的是大明湖上的对联："四面荷花三面柳，一城山色半城湖。"这使我对济南非常向往。但是他讲"黑妞白妞说书"，文章里提到一个湖南口音的人发了一通议论，张先生也就此发了一通议论，说："为什么要说'湖南口音'呢？因为湖南话很蛮，俗说是'湖南骡子'。"这实在是没有根据。我长大后到过湖南，从未听湖南人说自己是"骡子"。外省人也不叫湖南人是"湖南骡子"。不像外省人说湖北人是"九头鸟"，湖北人自己也承认。也许张先生的话有证可查，但我小时候就觉得他是胡说。不知道为什么，我对张先生的"歪批"总也忘不了。

我在五小颇有才名，是因为我的画画得很不错。教我们图画的老师姓王，因为他有一个口头语"譬如"，学生就给他起了个外号："王譬如"。王先生有时带我们出校"野外写生"，那是最叫人高兴的事。常去的地方是运河堤，因为离学校很近。画的最多的是堤上的柳树，用的是六个B的铅笔。

一九九一年十月，我回高邮，见到同班同学许医生，他说我曾经送过他一张画：只用大拇指蘸墨，在纸上一按，加几笔犄角、四蹄、尾巴，就成了一头牛。大拇指有胴纹，印在纸上有牛毛效果。我三年级时是画过好些这种牛。后来就没有再画。

我对五小很有感情。每天上学，暑假、寒假还会想起到五小看看。夏天，到处长了很高的草。有一年寒假，大雪之后，我到学校去。大门没有锁，轻轻一推开了。没有一个人，连詹大胖子也不在。一片白雪，万籁俱静。我一个人踏雪走了一会儿，心里很感伤。

我十九岁离乡，六十六岁回故乡住了几天。我去看看我的母校：什么也没有了。承天寺、天地坛，都没有了。五小当然没有了。

这是我的小学，我亲爱的，亲爱的小学！

"愿少年，乘风破浪，

他日毋忘化雨功！"

一九九二年八月六日

载一九九三年第六期《作家》

新校舍

西南联大的校舍很分散。有一些是借用原先的会馆、祠堂、学校，只有新校舍是联大自建的，也是联大的主体。这里原来是一片坟地，坟主的后代大都已经式微或他徙了，联大征用了这片地并未引起麻烦。有一座校门，极简陋，两扇大门是用木板钉成的，不施油漆，露着白茬。门楣横书大字："国立西南联合大学"。进门是一条贯通南北的大路。路是土路，到了雨季，接连下雨，泥泞没足，极易滑倒。大路把新校舍分为东西两区。

路以西，是学生宿舍。土墼墙，草顶。两头各有门。窗户是在墙上留出方洞，直插着几根带皮的树棍。空气是很流通的，因为没有人爱在窗洞上糊纸，当然更没有玻璃。昆明气候温和，冬天从窗洞吹进一点风，也不要紧。宿舍是大统间，两边靠墙，和墙垂直，各排了十张双层木床。一张床睡两个人，一间宿舍可住四十人。我没有留心过这样的宿舍共有多少间。我曾在二十五号宿舍住过两年。二十五号不是最后一号。如果以三十间计，则新校舍可住一千二百人。联大学生三千人，工学院住在拓东路迤西会馆；女生住"南院"，新校舍住的是文、理、法三院的男生。估算起来，可以住得下。学生并不老老实实地让双层床靠墙直放，向右看齐，不少人给它重新组合，把三张床拼成一个U字，外面挂上旧床单或钉上纸板，就成了一个独立天地，屋中之屋。结邻而居的，多是谈得来的同学。也有的不是自己选择的，是学校派定的。我在二十五号宿舍住的时候，睡靠门的上铺，和下铺的一位同学几乎没有见过面。他是历史系的，姓刘，河南人。他是个农家子弟，到昆明来考大学是由河南自己挑了一担行李走来的。——到昆明来考联大的，多数是坐公共汽车来的，乘滇越铁路火车来的，但也有利用很奇怪的交通工具来的。物理系有个姓应的学生，是自己买了一头毛驴，从西康骑到昆明来的。我和历史系同学怎么会没有见过面呢？他是个很用功的老实学生，每天黎明即起，到树林里去读书。我是个夜猫子，天亮才回床睡觉。一般说，学生搬床位，调换宿舍，学校是不管的，从来也没有办事职员来查看过。有人占了一个床位，却终年不来住。也有根本不是联大的，却在宿舍里住了几年。有一个青年小说家曹卣——他很年轻时就在《文学》这样的大杂志上发表过小说，他是同济大学的，却住在二十五号宿舍。也不到同济上课,整天在二十五号写小说。

桌椅是没有的。很多人去买了一些肥皂箱。昆明肥皂箱很多,也很便宜。一般三个肥皂箱就够用了。上面一个,面上糊一层报纸,是书桌。下面两层放书,放衣物,这就书橱、衣柜都有了。椅子?——床就是。不少未来学士在这样的肥皂箱桌面上写出了洋洋洒洒的论文。

宿舍区南边,校门围墙西侧以里,是一个小操场。操场上有一副单杠和一副双杠。体育主任马约翰带着大一学生在操场上上体育课。马先生一年四季只穿一件衬衫,一件西服上衣,下身是一条猎裤,从不穿毛衣、大衣。面色红润,连光秃秃的头顶也红润,脑后一圈雪白的卷发。他上体育课不说中文,他的英语带北欧口音。学生列队,他要求学生必须站直:"Boys! You must keep your body straight!"我年轻时就有点驼背,始终没有 straight 起来。

操场上有一个篮球场,很简陋。遇有比赛,都要临时画线,现结篮网,但是很多当时的篮球名将如唐宝华、牟作云……都在这里展过身手。

大路以东,有一条较小的路。这条路经过一个池塘,池塘中间有一座大坟,成为一个岛。岛上开了很多野蔷薇,花盛时,香扑鼻。这个小岛是当初规划新校舍时特意留下的。于是成了一个景点。

往北，是大图书馆。这是新校舍唯一的瓦顶建筑。每天一早，就有一堆学生在外面等着。一开门，就争先进去，抢座位（座位不很多），抢指定参考书（参考书不够用）。晚上十点半钟，图书馆的电灯还亮着，还有很多学生在里面看书。这都是很用功的学生。大图书馆我只进去过几次。这样正襟危坐，集体苦读，我实在受不了。

图书馆门前有一片空地。联大没有大会堂，有什么全校性的集会便在这里举行。在图书馆关着的大门上用摁钉摁两面党国旗，也算是会场。我入学不久，张清常先生在这里教唱过联大校歌（校歌是张先生谱的曲），学唱校歌的同学都很激动。每月一号，举行一次"国民月会"，全称应是"国民精神总动员月会"，可是从来没有人用全称，实在太麻烦了。国民月会有时请名人来演讲，一般都是梅贻琦校长讲讲话。梅先生很严肃，面无笑容，但说话很幽默。有一阵昆明闹霍乱，梅先生劝大家不要在外面乱吃东西，说："有一位同学说，'我吃了那么多次，也没有得过一次霍乱。'这种事情是不能有第二次的。"开国民月会时，没有人老实站着，都是东张西望，心不在焉。有一次，我发现青天白日满地红的国旗的太阳竟是十三只角（按规定应是十二只）！

"一二·一惨案"（国民党军队枪杀三位同学、一位老师）发生后，大图书馆曾布置成死难烈士的灵堂，四壁都是挽联，灵前摆满了花圈，大香大烛，气氛十分肃穆悲壮。那两天昆明各界前来吊唁的人络绎于途。

大图书馆后面是大食堂。学生吃的饭是通红的糙米，装在几个大木桶里，盛饭的瓢也是木头的，因此饭有木头的气味。饭里什么都有：砂粒、耗子屎……被称为"八宝饭"。八个人一桌，四个菜，装在酱色的粗陶碗里。菜多盐而少油。常吃的菜是煮芸豆，还有一种叫作魔芋豆腐的灰色的凉粉似的东西。

大图书馆的东面，是教室。土墙，铁皮顶。铁皮上涂了一层绿漆。有时下大雨，雨点敲得铁皮叮叮当当地响。教室里放着一些白木椅子。椅子是特制的。右手有一块羽毛球拍大小的木板，可以在上面记笔记。椅子是不固定的，可以随便搬动，从这间教室搬到那间。吴宓先生上"红楼梦研究"课，见下面有女生没有坐下，就立即走到别的教室去搬椅子。一些颇有骑士风度的男同学于是追随吴先生之后，也去搬。到女同学都落座，吴先生才开始上课。

我是个吊儿郎当的学生，不爱上课。有的教授授课是很严格的。教西洋通史（这是文学院必修课）的是皮名举。他要求学生记笔记，还要交历史地图。我有一次画了一张马其顿王国的地图，皮先生在我的地图上批了两行字："阁下所绘地图美术价值甚高，科学价值全无。"第一学期期终考试，我得了三十七分。第二学期我至少得考八十三分，这样两学期平均，才能及格。这怎么办？到考试时我拉了两个历史系的同学，一个坐在我的左边，一个坐在我的右边。坐在右边的同学姓钮，左边的那个忘了。我就抄左边的同学一道答题，又抄右边的同学一道。公布分数时，我得了八十五分，及格还有富余！

朱自清先生教课也很认真。他教我们宋诗。他上课时带一沓卡片，一张一张地讲。要交读书笔记，还要月考、期考。我老是缺课，因此朱先生对我印象不佳。

多数教授讲课很随便。刘文典先生教《昭明文选》，一个学期才讲了半篇木玄虚的《海赋》。

闻一多先生上课时，学生是可以抽烟的。我上过他的"楚辞"。上第一课时，他打开高一尺又半的很大的毛边纸笔记本，抽上一口烟，用顿挫鲜明的语调说："痛饮酒，熟读《离骚》——乃可以为名士。"他讲唐诗，把晚唐诗和后期印象派的画联系起来讲。这样讲唐诗，别的大学里大概没有。闻先生的课都不考试，学期终了交一篇读书报告即可。

唐兰先生教词选，基本上不讲。打起无锡腔调，把词"吟"一遍："'双鬓隔香红啊——玉钗头上风……'好！真好！"这首词就算讲过了。

西南联大的课程可以随意旁听。我听过冯文潜先生的美学。他有一次讲一首词：

汴水流，
泗水流，
流到瓜洲古渡头，
吴山点点愁。

冯先生说他教他的孙女念这首词，他的孙女把"吴山点点愁"念成了"吴山点点头"，他举的这个例子我一直记得。

吴宓先生讲"中西诗之比较"，我很有兴趣地去听。不料他讲的第一首诗却是：

一去二三里，
烟村四五家。
亭台六七座，
八九十枝花。

我不好好上课，书倒真也读了一些。中文系办公室有一个小图书馆，通称系图书馆。我和另外一两个同学每天晚上到系图书馆看书。系办公室的钥匙就由我们拿着，随时可以进去。系图书馆是开架的,要看什么书自己拿,不需要填卡片这些麻烦手续。有的同学看书是有目的有系统的。一个姓范的同学每天摘抄《太平御览》。我则是从心所欲,随便瞎看。我这种乱七八糟看书的习惯一直保持到现在。我觉得这个习惯挺好。夜里,系图书馆很安静,只有哲学心理系有几只狗怪声嗥叫——一个教生理学的教授做实验,把狗的不同部位的神经结扎起来,狗于是怪叫。有一天夜里我听到墙外一派鼓乐声,虽然悠远,但很清晰。半夜里怎么会有鼓乐声?只能这样解释:这是鬼奏乐。我确实听到的,不是错觉。我差不多每夜看书,到鸡叫才回宿舍睡觉。——因此我和历史系那位姓刘的河南同学几乎没有见过面。

新校舍大门东边的围墙是"民主墙"。墙上贴满了各色各样的壁报,左、中、右都有。有时也有激烈的论战。有一次三青团办的壁报有一篇宣传国民党观点的文章,另一张"群社"编的壁报上很快就贴出一篇反驳的文章,批评三青团壁报上的文章是"咬着尾巴兜圈子"。这批评很尖刻,也很形象。"咬着尾巴兜圈子"是狗。事隔近五十年,我对这一警句还记得十分清楚。当时有一个"冬青社"(联大学生社团甚多),颇有影响。冬青社办了两块壁报,一块是《冬青诗刊》,一块就叫《冬青》,是刊载杂文和漫画的。冯友兰先生、查良钊先生、马约翰先生,都曾经被画进漫画。冯先生、查先生、马先生看了，也并不生气。

除了壁报，还有各色各样的启事。有的是出让衣物的。大都是八成新的西服、皮鞋。出让的衣物就放在大门旁边的校警室里，可以看货付钱。也有寻找失物的启事，大都写着："鄙人不慎，遗失了什么东西，如有捡到者，请开示姓名住处，失主即当往取，并备薄酬。"所谓"薄酬"，通常是五香花生米一包。有一次有一位同学贴出启事："寻找眼睛。"另一位同学在他的启事标题下用红笔画了一个大问号。他寻找的不是"眼睛"，是"眼镜"。

新校舍大门外是一条碎石块铺的马路。马路两边种着高高的尤加利树（即桉树，云南到处皆有）。

马路北侧，挨新校的围墙，每天早晨有一溜卖早点的摊子。最受欢迎的是一个广东老太太卖的煎鸡蛋饼。一个瓷盆里放着鸡蛋加少量的水和成的稀面，舀一大勺，摊在平铛上，煎熟，加一把葱花。广东老太太很舍得放猪油。鸡蛋饼煎得两面焦黄，猪油吱吱作响，喷香。一个鸡蛋饼直径一尺，卷而食之，很解馋。

晚上，常有一个贵州人来卖馄饨面。有时馄饨皮包完了，他就把馄饨馅拨在汤里下面。问他："你这叫什么面？"贵州老乡毫不迟疑地说："桃花面！"

马路对面常有一个卖水果的。卖桃子，"面核桃"和"离核桃"；卖泡梨——棠梨泡在盐水里，梨肉转为极嫩、极脆。

晚上有时有云南兵骑马由东面驰向西面，马蹄铁敲在碎石块的尖棱上，迸出一朵朵火花。

有一位曾在联大任教的作家教授在美国讲学。美国人问他：西南联大八年，设备条件那样差，教授、学生生活那样苦，为什么能出那样多的人才？——有一个专门研究联大校史的美国教授以为联大八年，出的人才比北大、清华、南开三十年出的人才都多。为什么？这位作家回答了两个字：自由。

一九九二年七月五日
载一九九二年第十期《芒种》

西南联大中文系

西南联大中文系的教授有清华的，有北大的。应该也有南开的。但是哪一位教授是南开的，我记不起来了。清华的教授和北大的教授有什么不同，我实在看不出来。联大的系主任是轮流做庄。朱自清先生当过一段系主任。担任系主任时间较长的，是罗常培先生。学生背后都叫他"罗长官"。罗先生赴美讲学，闻一多先生代理过一个时期。在他们"当政"期间，中文系还是那个老样子，他们都没有一套"施政纲领"。事实上当时的系主任"为官清简"，近于无为而治。

中文系的学风和别的系也差不多：民主、自由、开放。当时没有"开放"这个词，但有这个事实。中文系似乎比别的系更自由。工学院的机械制图总要按期交卷，并且要严格评分的；理学院要做实验，数据不能马虎。中文系就没有这一套。记得我在皮名举先生的"西洋通史"课上交了一张规定的马其顿国的地图，皮先生阅后，批了两行字："阁下之地图美术价值甚高,科学价值全无。"似乎这样也可以了。总而言之,中文系的学生更为随便,中文系体现的"北大精神"更为充分。

如果说西南联大中文系有一点什么"派",那就只能说是"京派"。西南联大有一本《大一国文》,是各系共同必修。这本书编得很有倾向性。文言文部分突出地选了《论语》,其中最突出的是《子路曾皙冉有公西华侍坐》。"暮春者,春服既成,冠者五六人,童子六七人,浴乎沂,风乎舞雩,咏而归。"这种超功利的生活态度,接近庄子思想的率性自然的儒家思想,对联大学生有相当深广的潜在影响。还有一篇李清照的《金石录后序》。一般中学生都读过一点李清照的词,不知道她能写这样感情深挚、挥洒自如的散文。这篇散文对联大文风是有影响的。语体文部分,鲁迅的选的是《示众》。选一篇徐志摩的《我所知道的康桥》,是意料中事。选了丁西林的《一只马蜂》,就有点特别。更特别的是选了林徽因的《窗子以外》。这一本《大一国文》可以说是一本"京派国文"。严家炎先生编中国流派文学史,把我算作最后一个"京派",这大概跟我读过联大有关,甚至是和这本《大一国文》有点关系。这是我走上文学道路的一本启蒙的书。这本书现在大概是很难找到了。如果找得到,翻印一下,也怪有意思的。

"京派"并没有人老挂在嘴上。联大教授的"派性"不强。唐兰先生讲甲骨文，讲王观堂（国维）、董彦堂（董作宾），也讲郭鼎堂（沫若）——他讲到郭沫若时总是叫他"郭沫（读如妹）若"。闻一多先生讲（写）过"擂鼓的诗人"，是大家都知道的。

联大教授讲课从来无人干涉，想讲什么就讲什么，想怎么讲就怎么讲。刘文典先生讲了一年庄子，我只记住开头一句："《庄子》嘿，我是不懂的喽，也没有人懂。"他讲课是东拉西扯，有时扯到和庄子毫不相干的事。倒是有些骂人的话，留给我的印象颇深。他说有些搞校勘的人，只会说甲本作某，乙本作某——"到底应该做什么？"骂有些注解家，只会说甲如何说，乙如何说——"你怎么说？"他还批评有些教授，自己拿了一个有注解的本子，发给学生的是白文——"你把注解发给学生！要不，你也拿一本白文！"他的这些意见，我以为是对的。他讲了一学期《文选》，只讲了半篇木玄虚的《海赋》。好几堂课大讲"拟声法"。他在黑板上写了一个挺长的法国字，举了好些外国例子。曾见过几篇老同学的回忆文章，说闻一多先生讲楚辞，一开头总是"痛饮酒，熟读《离骚》，方称名士"。有人问我："是不是这样？"是这样。他上课，抽烟。上他的课的学生，也抽。他讲唐诗，不蹈袭前人一语。讲晚唐诗和后期印象派的画一起讲，特别讲到"点画派"。中国用比较文学的方法讲唐诗的，闻先生当为第一人。

他讲《古代神话与传说》非常"叫座"。上课时连工学院的同学都穿过昆明城,从拓东路赶来听。那真是"满坑满谷",昆中北院大教室里里外外都是人。闻先生把自己在整张毛边纸上手绘的伏羲女娲图钉在黑板上,把相当烦琐的考证,讲得有声有色,非常吸引人。还有一堂"叫座"的课是罗庸(膺中)先生讲杜诗。罗先生上课,不带片纸。不但杜诗能背写在黑板上,连仇注都背出来。唐兰(立庵)先生讲课是另一种风格。他是教古文学的,有一年忽然开了一门"词选",不知道是没有人教,还是他自己感兴趣。他讲"词选"主要讲《花间集》(他自己一度也填词,极艳)。他讲词的方法是:不讲。有时只是用无锡腔调念(实是吟唱)一遍:"'双鬓隔香红,玉钗头上风。'——好!真好!"这首词就pass了。沈从文先生在联大开过三门课:"各体文习作""创作实习""中国小说史"。沈先生怎样教课,我已写了一篇《沈从文先生在西南联大》,发表在《人民文学》上,兹不赘。他讲创作的精义,只有一句"贴到人物来写"。听他的课需要举一隅而三隅反,否则就会觉得"不知所云"。

联大教授之间,一般是不互论长短的。你讲你的,我讲我的。但有时放言月旦,也无所谓。比如唐立庵先生有一次在办公室当着一些讲师助教,就评论过两位教授,说一个"集穿凿附会之大成",一个"集啰唆之大成"。他不考虑有人会去"传小话",也没有考虑这两位教授会因此而发脾气。

西南联大中文系教授对学生的要求是不严格的。除了一些基础课,如文字学(陈梦家先生授)、声韵学(罗常培先生授)要按时听课,其余的,都较随便。比较严一点的是朱自清先生的"宋诗"。他一首一首地讲,要求学生记笔记,背;还要定期考试,小考,大考。有些课,也有考试,考试也就是那么回事。一般都只是学期终了,交一篇读书报告。联大中文系读书报告不重抄书,而重有无独创性的见解。有的可以说是怪论。有一个同学交了一篇关于李贺的报告给闻先生,说别人的诗都是在白底子上画画,李贺的诗是在黑底子上画画,所以颜色特别浓烈,大为闻先生激赏。有一个同学在杨振声先生教的"汉魏六朝诗选"课上,就"车轮生四角"这样的合乎情悖乎理的想象写了一篇很短的报告《方车轮》。就凭这份报告,在期终考试时,杨先生宣布该生可以免考。

联大教授大都很爱才。罗常培先生说过,他喜欢两种学生:一种,刻苦治学;一种,有才。他介绍一个学生到联大先修班去教书,叫学生拿了他的亲笔介绍信去找先修班班主任李继侗先生。介绍信上写的是"……该生素具创作夙慧。……"一个同学根据另一个同学的一句新诗(题一张抽象派的画的)"愿殿堂毁塌于建成之先"填了一首词,作为"诗法"课的练习交给王了一先生,王先生的评语是:"自是君身有仙骨，剪裁妙处不须论。"具有"夙慧"，有"仙骨"，这种对于学生过甚其辞的评价，恐怕是不会出于今天大学教授的笔下的。

我在西南联大是一个不用功的学生，常不上课，但是乱七八糟看了不少书。有一个时期每天晚上到系图书馆去看书。有时只我一个人。中文系在新校舍的西北角，墙外是坟地，非常安静。在系里看书不用经过什么借书手续，架上的书可以随便抽下一本来看。而且可抽烟。有一天，我听到墙外有一派细乐的声音。半夜里怎么会有乐声，在坟地里？我确实是听见的，不是错觉。

我要不是读了西南联大，也许不会成为一个作家。至少不会成为一个像现在这样的作家。我也许会成为一个画家。如果考不取联大，我准备考当时也在昆明的国立艺专。

一九八八年

第四章

美丽总是使人哀愁的

如果你来访我,
我不在,请和我门外的花坐一会儿。
浮云一别,流水数年。
曾经知已共春风。

人之所以为人

——读《棋王》笔记

> 脑袋在肩上,
> 文章靠自己。
>
> ——阿城《孩子王》

读了阿城的小说,我觉得,这样的小说我写不出来。我相信,不但是我,很多人都写不出来。这样就很好。这样就增加了一篇新的小说,给小说的这个概念带进了一点新的东西。否则,多写一篇,少写一篇;写,或不写,差不多。

提笔想写一点读了阿城小说之后的感想,煞费踌躇。因为我不认识他。我很少写评论。我评论过的极少的作家都是我很熟的人。这样我说起话来心里才比较有底。我认为写评论最好联系到所评的作家这个人,不能只是就作品谈作品。就作品谈作品,只论文,不论人,我认为这是目前文学评论的一个缺点。我不认识阿城,没有见过。他的父亲我是见过的。那是他倒了霉的时候，似乎还在生着病。我无端地觉得阿城像他的父亲。这很好。

阿城曾是"知青"。现有的辞书里还没有"知青"这个词条。这一条很难写。绝不能简单地解释为"有知识的青年"。这是一个特定的历史时期的产物，一个很特殊的社会现象，一个经历坎坷、别具风貌的阶层。

知青并不都是一样。正如阿城在《一些话》中所说："知青上山下乡是一种特殊情况下的扭曲现象，它使有的人狂妄，有的人消沉，有的人投机，有的人安静。"这样的知青我大都见过。但是大多数知青，都有一个共同的特点，如阿城所说："老老实实地面对人生，在中国诚实地生活。"大多数知青看问题比我们这一代现实得多。他们是很清醒的现实主义者。

大多数知青是从温情脉脉的纱幕中被放逐到中国的干硬的土地上去的。我小的时候唱过一支带有感伤主义色彩的歌："离开父，离开母，离开兄弟姊妹们，独自行千里……"知青正是这样。他们不再是老师的学生，父母的儿女，姊妹的兄弟，赤条条地被掷到"广阔天地"之中去了。他们要用自己的双手谋食。于是，他们开始用自己的眼睛去看世界。棋呆子王一生说："你们这些人好日子过惯了，世上不明白的事儿多着呢！"多数知青从"好日子"里被甩出来了，于是他们明白许多他们原来不明白的事。

我发现，知青和我们年轻时不同。他们不软弱，较少不着边际的幻想，几乎没有感伤主义。他们的心不是水蜜桃，不是香白杏。他们的心是坚果，是山核桃。

知青和老一代的最大的不同，是他们较少教条主义。我们这一代，多多少少都带有教条主义色彩。

我很庆幸地看到（也从阿城的小说里）这一代没有被生活打倒。知青里自杀的极少、极少。他们大都不怨天尤人。如息幻灭，都已经过去了。他们怀疑过，但是通过怀疑得到了信念。他们没有流于愤世嫉俗，玩世不恭。他们是看透了许多东西，但是也看到了一些东西。这就是中国和人。中国人。他们的眼睛从自己的脚下移向远方的地平线。他们是一些悲壮的乐观主义者。有了他们，地球就可修理得较为整齐，历史就可以源源不绝地默默地延伸。

他们是有希望的一代，有作为的一代。阿城的小说给我们传达了一个非常可喜的信息。我想，这是阿城的小说赢得广大的读者，在青年的心灵中产生共鸣的原因。

《棋王》写的是什么？我以为写的就是关于吃和下棋的故事。先说吃，再说下棋。

文学作品描写吃的很少（弗吉尼亚·沃尔夫曾提出过为什

么小说里写宴会，很少描写那些食物的）。大概古今中外的作家都有点清高，认为吃是很俗的事。其实吃是人生第一需要。阿城是一个认识吃的意义、并且把吃当作小说的重要情节的作家（陆文夫的《美食家》写的是一个逸人的故事，不是关于吃的）。他对吃的态度是虔诚的。《棋王》有两处写吃，都很精彩。一处是王一生在火车上吃饭，一处是吃蛇。一处写对吃的需求，一处写吃的快乐——一种神圣的快乐。写得那样精细深刻，不厌其烦，以至读了之后，会引起读者肠胃的生理感觉。正面写吃，我以为是阿城对生活的极其现实的态度。对于吃的这样的刻画，非经身受，不能道出。这使阿城的小说显得非常真实，不假。《棋王》的情节按说是很奇，但是奇而不假。

　　我不会下棋，不解棋道，但我相信有像王一生那样的棋呆子。我欣赏王一生对下棋的看法："我迷象棋。一下棋，就什么都忘了。呆在棋里舒服。"人总要呆在一种什么东西里，沉溺其中。苟有所得，才能证实自己的存在，切实地掂出自己的价值。王一生一个人和几个人赛棋，连环大战，在胜利后，呜呜地哭着说："妈，儿今天明白事儿了。人还要有点儿东西，才叫活着。"是的，人总要有点东西，活着才有意义。人总要把自己生命的精华都调动出来，倾力一搏，像干将、莫邪一样，把自己炼进自己的剑里，这，才叫活着。

"不有博弈者乎？为之犹胜乎己。"弈虽小道，可以喻大。"用志不分，乃凝于神"，古今成事业者都需要有这么一点精神。这是我们这个时代需要的精神。

我这样说，阿城也许不高兴。作者的立意，不宜说破。说破便煞风景。说得太实，尤其令人扫兴。

阿城的小说结尾都是胜利。人的胜利。《棋王》的结尾，王一生胜了。《孩子王》的结尾，"我"被解除了职务，重回生产队劳动去了。但是他胜利了。他教的学生王福写出了这样的好文章："……早上出的白太阳，父亲在山上走，走进白太阳里去。我想，父亲有力气啦。"教的学生写出这样的好文章，这是胜利，是对一切陈规的胜利。

《树王》的结尾，萧疙瘩死了，但是他死得很悲壮。

因此，我说阿城是一个乐观主义者。

有人告诉我，阿城把道家思想糅进了小说。《棋王》里的确有一些道家的话。但那是拣烂纸的老头的思想。甚至也可以说是王一生的思想，不一定就是阿城的思想。阿城大概是看过一些道家的书。他的思想难免受到一些影响。《树王》好像就涉及一点"天"和"人"的关系（这篇东西我还没太看懂，捉不准他究竟想说什么，容我再看看，再想想）。但是我不希望把阿城和道家纠在一起。他最近的小说《孩子王》，我就看不出有什么道家的痕迹。我不希望阿城一头扎进道家里出不来。

阿城是有师承的。他看过不少古今中外的书。外国的，我觉得他大概受过海明威的影响，还有陀思妥也夫斯基。中国的，他受鲁迅的影响是很明显的。他似乎还受过废名的影响。他有些造句光秃秃的，不求规整，有点像《莫须有先生传》。但这都是瞎猜。他的叙述方法和语言是他自己的。司空图《二十四诗品》云："俯拾即是，不取诸邻。俱道适往，着手成春。"说得很好。阿城的文体的可贵处正在"不取诸邻"。"脑袋在肩上，文章靠自己。"

阿城是敏感的。他对生活的观察很精细，能够从平常的生活现象中看出别人视若无睹的特殊的情趣。他的观察是伴随了思索的。否则他就不会在生活中看到生活的底蕴。这样，他才能积蓄了各样的生活的印象。可以俯拾，形成作品。

然而在摄取到生活印象的当时，即在"十年动乱"期间，在他下放劳动的时候，没有写出小说。这是可以理解的，正常的。

只有在今天，现在，阿城才能更清晰地回顾那一段极不正常时期的生活，那个时期的人，写下来。因为他有了成熟的、冷静的、理直气壮的、不必左顾右盼的思想。下笔，就都对了。

他的信心和笔力来自党的十一届三中全会以后中国生活的现实。十一届三中全会救了中国，救了一代青年人，也救了现实主义。

阿城业已成为有自己独特风格的青年作家，循此而进，精益求精，如王一生之于棋艺，必将成为中国小说的大家。

一九八五年三月三日

载一九八五年三月二十一日《光明日报》

要有益于世道人心

要有一个清楚、明确的世界观。

我以前的小说是苦闷和寂寞的产物。我是迷惘的,我的世界观是混乱的,写到后来就几乎写不下去了。近二年我写了一些小说,其中一部分是写旧社会的,这些小说所写的人和事,大都是我十六七岁以前得到的印象。为什么我长时期没有写,到了我过了六十岁了,才写出来了呢?大概是因为我比较成熟了,我的世界观比较稳定了。有一篇小说(《异秉》)我在一九四八年就写过一次,一九八〇年又重写了一次。前一篇是对生活的一声苦笑,揶揄的成分多,甚至有点玩世不恭。我自己找不到出路,也替我写的那些人找不到出路。后来的一篇则对下层的市民有了更深厚的同情。我想把生活中美好的东西、真实的东西,人的美、人的诗意告诉别人,使人们的心得到滋润,从而提高对生活的信念。如果我的世界观是混乱的,我自己对生活缺乏信心,我怎么能使别人提高信心呢？我不从生活中感到欢乐，就不能在我的作品中注入内在的欢乐。写旧生活，也得有新思想。可以写混乱的生活，但作者的思想不能混乱。

要对读者负责。

以前我很少想到读者。一篇小说发表了，得到二三师友称赞，即为己足。近二年写小说，我仍以为我的读者面是很窄的。最近听说，我的读者不像我想的那样少，有一些知识青年、青年工人和公社干部也在读我的小说。这使我觉得很惶恐，产生一种沉重的责任感。觉得这不是闹着玩的事。社会主义国家的作家写作，还是得考虑社会效果，真不该是作者就是那样写写，读者就是那样读读。"文章千古事，得失寸心知"，得失，首先是社会的得失。我有一个朴素的、古典的想法：总得有益于世道人心。

载一九八二年第五期《人民文学》

沈从文的寂寞

——浅谈他的散文

一九八一年湖南人民出版社出了沈先生的散文选。选集中所收文章，除了一篇《一个传奇的故事》、一篇《张八寨二十分钟》，其余的《从文自传》《湘行散记》《湘西》，都是三十年代写的。沈先生写这些文章时才三十几岁，相隔已经半个世纪了。我说这些话，只是点明一下时间，并没有太多感慨。四十年前，我和沈先生到一个图书馆去，站在一架一架的图书面前，沈先生说："看到有那么多人写了那么多书，我真是什么也不想写了！"古往今来，那么多人写了那么多书，书的命运，盈虚消长，起落兴衰，有多少道理可说呢。不过一个人被遗忘了多年，现在忽然又来出他的书，总叫人不能不想起一些问题。这有什么历史的和现实的意义？这对于今天的读者——主要是青年读者的品德教育、美感教育和语言文字的教育有没有作用？作用有多大？……

这些问题应该由评论家、文学史家来回答。我不想回答，也回答不了。我是沈先生的学生，却不是他的研究者（已经有几位他的研究者写出了很好的论文）。我只能谈谈读了他的散文后的印象。当然是很粗浅的。

文如其人。有几篇谈沈先生的文章都把他的人品和作品联系起来。朱光潜先生在《花城》上发表的短文就是这样。这是一篇好文章。其中说到沈先生是寂寞的，尤为知言。我现在也只能用这种办法。沈先生用手中一支笔写了一生，也用这支笔写了他自己。他本人就像一个作品，一篇他自己所写的作品那样的作品。

我觉得沈先生是一个热情的爱国主义者，一个不老的抒情诗人，一个顽强的不知疲倦的语言文字的工艺大师。

这真是一个少见的热爱家乡、热爱土地的人。他经常来往的是家乡人，说的是家乡话，谈的是家乡的人和事。他不止一次和我谈起棉花坡的渡船，谈起枫树坳，秋天，满城飘舞着枫叶。一九八一年他回凤凰一次，带着他的夫人和友人看了他的小说里所写过的景物，都看到了，水车和石碾子也终于看到了，没有看到的只是那个大型榨油坊。七十九岁的老人，说起这些，还像一个孩子。他记得的那样多，知道的那样多，想过的那样多，写了的那样多，这真是少有的事。他自己说他最满意的小说是写一条延长千里的沅水边上的人和事的。选集中的散文更全部是写湘西的。这在中国的作家里不多，在外国的作家里也不多。这些作品都是有所为而作的。

沈先生非常善于写风景。他写风景是有目的的。正如他自己所说：

一首诗或者仅仅二十八个字，一幅画大小不过一方尺，留给后人的印象，却永远是清新壮丽，增加人对于祖国大好河山的感情。(《张八寨二十分钟》)

风景不殊，时间流动。沈先生常在水边，逝者如斯，他经常提到的一个名词是"历史"。他想的是这块土地，这个民族的过去和未来。他的散文不是晋人的山水诗，不是要引人消沉出世，而是要人振作进取。

读沈先生的作品常令人想起鲁迅的作品，想起《故乡》《社戏》(沈先生最初拿笔，就是受了鲁迅以农村回忆为题材的小说的影响，思想上也必然受其影响)。他们所写的都是一个贫穷而衰弱的农村。地方是很美的，人民勤劳而朴素，他们的心灵也是那样高尚美好，然而却在一种无望的情况中辛苦麻木地生活着。鲁迅的心是悲凉的。他的小说就混合着美丽与悲凉。湘西地方偏僻，被一种更为愚昧的势力以更为野蛮的方式统治着。那里的生活是"怕人"的，所出的事情简直是离奇的。一个从这种生活里过来的青年人，跑到大城市里，接受了"五四"以来的民主思想，转过头来再看看那里的生活，不能不感到痛苦。《新与旧》里表现了这种痛苦，《菜园》里表现了这种痛苦，《丈夫》《贵生》里也表现了这种痛苦，他的散文也到处流露了这种痛苦。土著军阀随便地杀人，一杀就是两三千。刑名师爷随便地用红笔勒那么一笔，又急忙提着长衫，拿着白铜水烟袋跑到高坡上去欣赏这种不雅观的游戏。卖菜的周家小妹被一个团长抢去了。"小婊子"嫁了个老烟鬼。一个矿工的女儿，十三岁就被驻防军排长看中，出了两块钱引诱破了身，最后咽了三钱烟膏，死掉了。……说起这些，能不叫人痛苦？这都是谁的责任？"浦市地方屠户也那么瘦了，是谁的责任？"——这问题看似提得可笑，实可悲。便是这种诙谐语气，也是从一种无可奈何的痛苦心境中发出的。这是一种控诉。在小说里，因为要"把道理包含在现象中"，控诉是无言的。在散文中有时就明明白白地说了出来。"读书人的同情，专家的调查，对这种人有什么用？若不能在调查和同情以外有一个'办法'，这种人总永远用血和泪在同样情形中打发日子。地狱俨然就是为他们而设的。他们的生活，正说明'生命'在无知与穷困包围中必然的种种。"（《辰谿的煤》）沈先生是一个不习惯于大喊大叫的人，但这样的控诉实不能说是十分"温柔敦厚"。不知道为什么他的这些话很少有人注意。

沈从文不是一个悲观主义者。个人得失事小，国家前途事大。他曾经明确提出："民族兴衰，事在人为。"就在那样黑暗腐朽（用他的说法是"腐烂"）的时候，他也没有丧失信心。他总是想激发青年的自尊心和自信心。"在事业上有以自现，在学术上有以自立。"他最反对愤世嫉俗，玩世不恭。在昆明，他就跟我说过："千万不要冷嘲。"一九四六年，我到上海，失业，曾想过要自杀，他写了一封长信把我大骂了一通，说我没出息。信中又提到"千万不要冷嘲"。他在《〈长河〉题记》中说："横在我们面前的许多事都使人痛苦，可是却不用悲观。社会还正在变化中，骤然而来的风风雨雨，说不定把许多人的高尚理想，卷扫摧残，弄得无踪无迹，然而一个人对于人类前途的热忱，和工作的虔敬态度，是应当永远存在，且必然能给后来者以极大鼓励的！"事情真奇怪，沈先生这些话是一九四二年说的，听起来却好像是针对"文化大革命"而说的。我们都经过那十年"痛苦怕人"的生活，国家暂时还有许多困难，有许多问题待解决。有一些青年，包括一些青年作家，不免产生冷嘲情绪，觉得世事一无可取，也一无可为。你们是不是可以听听一个老作家四十年前所说的这些很迂执的话呢？

我说这些话好像有点岔了题。不过也还不是离题万里。我的目的只是想说说沈先生的以民族兴亡为己任的爱国热情。

沈先生关心的是人，人的变化，人的前途。他几次提家乡人的品德性格被一种"大力"所扭曲、压扁。"去乡已十八年，一入辰河流域，什么都不同了。表面上看来，事事物物自然都有了极大进步，试仔细注意注意，便见出在变化中的一种堕落趋势。最明显的事，即农村社会所保有那点正直朴素的人情美，几乎快要消失无余，代替而来的却是近二十年实际社会培养成功的一种唯实唯利的庸俗人生观。敬鬼神畏天命的迷信固然已经被常识所摧毁，然而做人时的义利取舍是非辨别也随同泯没了。"（《〈长河〉题记》）他并没有想把时间拉回去，回到封建宗法社会，归真返朴。他明白，那是不可能的。他只是希望能在一种新的条件下，使民族的热情、品德，那点正直朴素的人情美能够得到新的发展。他在回忆了划龙船的美丽情景后，想到"我们用什么方法，就可使这些人心中感觉一种对'明天'的'惶恐'，且放弃过去对自然的和平态度，重新来一股劲儿，用划龙船的精神活下去？这些人在娱乐上的狂热，就证明这种狂热能换个方向，就可使他们还配在世界上占据一片土地，活得更愉快更长久一些。不过有什么方法，可以改造这些人的狂热到一件新的竞争方面去，可是个费思索的问题。"（《箱子岩》）"希望到这个地面上，还有一群精悍结实的青年，来驾驭钢铁征服自然，这责任应当归谁？"——"一时自然不会得到任何结论。"他希望青年人能活得"庄严一点,合理一点",这当然也只是"近乎荒唐的理想"。不过他总是希望着。

他把希望寄托在几个明慧温柔,天真纯粹的小儿女身上。寄托在翠翠身上,寄托在《长河》里的三姊妹身上,也寄托在"一个多情水手与一个多情妇人"身上。——这是一篇写得很美的散文。牛保和那个不知名字的妇人的爱,是一种不正常的爱(这种不正常不该由他们负责),然而是一种非常淳朴真挚,非常美的爱。这种爱里闪耀着一种悠久的民族品德的光。沈先生在《〈长河〉题记》中说:"在《边城》题记上,曾提起一个问题,即拟将'过去'和'当前'对黑,所谓民族品德的消失与重造,可能从什么地方着手。《边城》中人物的正直和热情,虽然已经成为过去陈迹了,应当还保留些本质在年轻人的血里或梦里,相宜环境中,即可重新燃起年轻人的自尊心和自信心。"提起《边城》和沈先生的许多其他作品,人们往往愿意和"牧歌"这个词联在一起。这有一半是误解。沈先生的文章有一点牧歌的调子。所写的多涉及自然美和爱情,这也有点近似牧歌。但就本质来说,和中世纪的田园诗不是一回事,不是那样恬静无为。有人说《边城》写的是一个世外桃源,更全部是误解(沈先生在《桃源与沅州》中就把来到桃源县访幽探胜的"风雅"人狠狠地嘲笑了一下)。《边城》(和沈先生的其他作品)不是挽歌,而是希望之歌。民族品德会回来么？

这个人也许永远不回来了，也许明天回来！

回来了！你看看张八寨那个弄船女孩子！

令我显得慌张的，并不是渡船的摇动，却是那个站在船头，嘱咐我不必慌张，自己却从从容容在那里当家作事的弄船女孩子。我们似乎相熟又十分陌生。世界上就真有这种巧事，原来她比我二十四年写到的一个小说中人翠翠，虽晚生十来岁，目前所处环境却仿佛相同，同样在这么青山绿水中摆渡，青春生命在慢慢长成。不同处是社会变化大，见世面多，虽对人无机心，而对自己生存却充满信心。一种"从劳动中得到快乐增加幸福成功"的信心。这也正是一种新型的乡村女孩子共同的特征。目前一位有一点与众不同，只是所在背景环境。

沈先生的重造民族品德的思想，不知道为什么，多年来不被理解。"我作品能够在市场上流行，实际上近于买椟还珠，你们能欣赏我故事的清新，照例那作品背后蕴藏的热情却忽略了，你们能欣赏我文字的朴实，照例那作品背后隐伏的悲痛也忽略了。""寄意寒星荃不察"，沈先生不能不感到寂寞。他的散文里一再提到屈原，不是偶然的。

寂寞不是坏事。从某个意义上，可以说寂寞造就了沈从文。寂寞有助于深思，有助于想象。"我有自己的生活与思想，可以说是皆从孤独中得来的。我的教育，也是从孤独中得来的。"他的四十本小说，是在寂寞中完成的。他所希望的读者，也是"在多种事业里低头努力，很寂寞地从事于民族复兴大业的人"。《〈长河〉题记》安于寂寞是一种美德。寂寞的人是充实的。

寂寞是一种境界，一种很美的境界。沈先生笔下的湘西，总是那么安安静静的。边城是这样，长河是这样，鸭窠围、杨家岨也是这样。静中有动，静中有人。沈先生擅长用一些颜色、一些声音来描绘这种安静的诗境。在这方面，他在近代散文作家中可称圣手。

黑夜占领了全个河面时，还可以看到木筏上的火光，吊脚楼窗口的灯光，以及上岸下船在河岸大石间飘忽动人的火炬红光。这时节岸上船上都有人说话，吊脚楼上且有妇人在黯淡灯光下唱小曲的声音，每次唱完一支小曲时，就有人笑嚷。什么人家脚牌楼下有只小羊叫，固执而且柔和的声音，使人听来觉得忧郁。

这些人房子窗口既一面临河，可以凭了窗口呼喊河下船中人，当船上人过了瘾，胡闹已够，下船时，或者尚有些事情嘱托，或者其他原因，一个晃着火炬停顿在大石间，一个便凭立在窗口，"大老你记着，船下行时又来！""好，我来的，我记着的。""你见了顺顺就说：'会呢，完了；孩子大牛呢，脚膝骨好了；细粉带三斤，冰糖或片糖带三斤。'""记得到，记得到，大娘你放心，我见了顺顺大爷就说：'会呢，完了。大牛呢，好了。细粉来三斤，冰糖来三斤。'""杨氏，杨氏，一共四吊七，莫错账！""是的，放心呵，你说四吊七就四吊七，年三十夜莫会多要你的！你自己记着就是了。"这样那样地说着，我一一都可听到，而且一面还可以听着在黑暗中某一处咩咩的羊鸣。(《鸭窠围的夜》)

真是如闻其声。这样的河上河下喊叫着的对话，我好像在别一处也曾听到过。这是一些多么平常琐碎的话呀，然而这就是人世的生活。那只小羊固执而柔和地叫着，使沈先生不能忘记，也使我多年不能忘记，并且如沈先生常说的，一想起就觉得心里"很软"。

不多久，许多木筏皆离岸了，许多下行船也拔了锚，撞开篷，着手荡桨摇橹了。我卧在船舱中，就只听到水面人语声，以及橹桨激水声，与橹桨本身被扳动时咿咿哑哑声。河岸吊脚楼上妇人在晓气迷濛中锐声地喊人，正如同音乐中的笙管一样，超越众声而上。河面杂声的综合，交织了庄严与流动，一切真是一个圣境。

岸上吊脚楼前枯树边，正有两个妇人，穿了毛蓝布衣服，不知商量些什么，幽幽地说着话。这里雪已极少，山头皆裸露作深棕色，远山则为深紫色。地方静得很，河边无一只船，无一个人，无一堆柴。河边某一个大石后面，有人正在捶捣衣服，一下一下地捣。对河也有人说话，却看不清楚人在何处。(《一个多情水手与一个多情妇人》)

"空山不见人，但闻人语响"，"竹喧归浣女，莲动下渔舟"，静中有动，以动为静，这是中国文学的一个长久的传统。但是这种境界只有一个摆脱浮世的营扰，习惯于寂寞的人方能于静观中得之。齐白石题画云："白石老人心闲气静时一挥"，寂寞安静，是艺术创作所必需的气质。一个热衷于利禄，心气浮躁的人，是不能接近自然，也不能接近生活的。沈先生"习静"的方法是写字。在昆明，有一阵，他常常用毛笔在竹纸书写的两句诗是"绿树连村暗，黄花入麦稀"。我就是从他常常书写的这两句诗（当然不止这两句）里解悟到应该怎样用少量文字描写一种安静而活泼，充满生气的"入境"的。

我就是个不想明白道理却永远为现象所倾心的人。我看一切,却并不把那个社会价值掺加进去,估定我的爱憎。我不愿问价钱上的多少来为万物作一个好坏批评,却愿意考查他在我官觉上使我愉快不愉快的分量。我永远不厌倦的是"看"一切。宇宙万汇在动作中,在静止中,在我印象里,我都能抓定它的最美丽与最调和的风度,但我的爱好显然却不能同一般目的相合。我不明白一切同人类生活相联结时的美恶,另外一句话来说,就是我不大领会伦理的美。接近人生时我永远是个艺术家的感情,却不是所谓道德君子的感情。(《自传·女难》)

沈先生五十年前所做的这个"自我鉴定"是相当准确的。他的这种诗人气质,从小就有,至今不衰。

《从文自传》是一本奇特的书。这本书可以从各种角度去看。你可以看到从辛亥革命到"五四"湘西一隅的怕人生活,了解一点中国历史;可以看到一个人"生活陷于完全绝望中,还能充满勇气与信心始终坚持工作,他的动力来源何在",从而增加一点自己对生活的勇气与信心。沈先生自己说这是一本"顽童自传"。我对这本书特别感兴趣,是因为这是一本培养作家的教科书,它告诉我人是怎样成为诗人的。一个人能不能成为一个作家，童年生活是起决定作用的。首先要对生活充满兴趣，充满好奇心，什么都想看看。要到处看，到处听，到处闻嗅，一颗心"永远为一种新鲜颜色，新鲜声音，新鲜气味而跳"，要用感官去"吃"各种印象。要会看，看得仔细，看得清楚，抓得住生活中"最美的风度"；看了，还得温习，记着，回想起来还异常明朗，要用时即可方便地移到纸上。什么都去看看，要在平平常常的生活里看到它的美，它的诗意，它的亚细亚式残酷和愚昧。比如，熔铁，这有什么看头呢？然而沈先生却把这过程写了好长一段，写得那样生动！一个打豆腐的，因为一件荒唐的爱情要被杀头，临刑前柔弱地笑笑，"我记得这个微笑，十余年来在我印象中还异常明朗"（《清乡所见》）。沈先生的这本《自传》中记录了很多他从生活中得到的美的深刻印象和经验。一个人的艺术感觉就是这样从小锻炼出来的。有一本书叫作《爱的教育》，沈先生这本书实可称为一本"美的教育"。我就是从这本薄薄的小书里学到很多东西，比读了几十本文艺理论书还有用。

　　沈先生是个感情丰富的人，非常容易动情，非常容易受感动（一个艺术家若不比常人更为善感，是不成的）。他对生活，对人，对祖国的山河草木都充满感情，对什么都爱着，用一颗蔼然仁者之心爱着。

山头一抹淡淡的午后阳光感动我，水底各色圆如棋子的石头也感动我。我心中似乎毫无渣滓，透明烛照，对万汇百物，对拉船人与小小船只，一切都那么爱着，十分温暖的爱着！（一九三四年一月十八日）

因为充满感情，才使《湘行散记》和《湘西》流溢着动人的光彩。这里有些篇章可以说是游记，或报告文学，但不同于一般的游记或报告文学，它不是那样冷静，那样客观。有些篇，单看题目，如《常德的船》《沅陵的人》，尤其是《辰谿的煤》，真不知道这会是一些多么枯燥无味的东西，然而你看下去，你就会发现，一点都不枯燥！它不同于许多报告文学，是因为作者生于斯，长于斯，在这里生活过（而且是那样地生活过），它是凭作者自己的生活经验，凭亲历的第一手材料写的；不是凭采访调查材料写的。这里寄托了作者的哀戚、悲悯和希望，作者与这片地、这些人是血肉相关的，感情是深沉而真挚的，不像许多报告文学的感情是空而浅的，——尽管装饰了好多动情的词句，因为作者对生活熟悉且多情，故写来也极自如，毫无勉强，有时不厌其烦，使读者也不厌其烦；有时几笔带过，使读者悠然神往。

和抒情诗人气质相联系的，是沈先生还很富于幽默感。《一个爱惜鼻子的朋友》是一篇非常有趣的妙文。我每次看到

"姓印的可算得是个球迷。任何人邀他去踢球,他皆高兴奉陪,球离他不管多远,他总得赶去踢那么一脚。每到星期天,军营中有人往沿河下游四里的教练营大操场同学兵玩球时,这个人也必参加热闹。大操场里极多牛粪,有一次同人争球,见牛粪也拼命一脚踢去,弄得另一个人全身一塌糊涂。"总难免失声大笑。这个人大概就是《自传》里提到的印鉴远。我好像见过这个人。黑黑,瘦瘦的,说话时爱往前探着头。而且无端地觉得他的脚背一定很高。细想想,大概是没有见过,我见过他的可能性极小。因为沈先生把他写得太生动,以至于使他在我印象里活起来了。沅陵的阙五老,是个多有风趣的妙人!沈先生的幽默是很含蓄蕴藉的。他并不存心逗笑,只是充满了对生活的情趣,觉得许多人,许多事都很好玩。只有一个心地善良,与人无忤,好脾气的人,才能有这种透明的幽默感。他是用微笑来看这个世界的,经常总是很温和地笑着,很少生气着急的时候。——当然也有。

仁者寿。因为这种抒情气质,从不大计较个人得失荣辱,沈先生才能经受了各种打击磨难,依旧还好好地活了下来。八十岁了,还是精力充沛,兴致勃勃。他后来"改行"搞文物研究,乐此不疲,每日孜孜,一坐下去就是十几个小时,也跟这点诗人气质有关。他搞的那些东西,陶瓷、漆器、丝绸、服饰,都是"物",但是他看到的是人,人的聪明,人的创造，人的艺术爱美心和坚持不懈的劳动。他说起这些东西时那样兴奋激动，赞叹不已，样子真是非常天真。他搞的文物工作，我真想给它起一个名字，叫作"抒情考古学"。

沈先生的语言文字功力，是举世公认的。所以有这样的功力，一方面是由于读书多。"由《楚辞》、《史记》、曹植诗到'桂枝儿'曲，什么我都欢喜看看。"我个人觉得，沈先生的语言受魏晋人文章影响较大。试看："由沅陵南岸看北岸山城，房屋接瓦连椽，较高处露出雉堞，沿山围绕，丛树点缀其间，风光入眼，实不俗气。由北岸向南望，则河边小山间，竹园、树木、庙宇、高塔、居民，仿佛各个位置都在最适当处。山后较远处群峰罗列，如屏如障，烟云变幻，颜色积翠堆蓝。早晚相对，令人想象其中必有帝子天神，驾螭乘蜺，驰骤其间。绕城长河，每年三四月春水发后，洪江油船颜色鲜明，在摇橹歌呼中联翩下驶。长方形大木筏，数十精壮汉子，各据筏上一角，举桡激水，乘流而下。就中最令人感动处，是小船半渡，游目四瞩，俨然四围皆山，山外重山，一切如画。水深流速，弄船女子，腰腿劲健，胆大心平，危立船头，视若无事。"（《沅陵的人》）这不令人想到郦道元的《水经注》？我觉得沈先生写得比郦道元还要好些，因为《水经注》没有这样的生活气息，他多写景，少写人。另外一方面，是从生活学，向群众学习。"我文字风格，假若还有些值得注意处，那只因为我记得水上人的言语太多了。"（《我的写作与水的关系》）沈先生所用的字有好些是直接从生活来，书上没有的。比如"我一个人坐在灌满冷气的小小船舱中"的"灌"字（《箱子岩》），"把鞋脱了还不即睡，便镶到水手身旁去看牌"的"镶"字（《鸭窠围的夜》）。这就同鲁迅在《高老夫子》里"我辈正经人犯不上酱在一起"的"酱"字一样，是用得非常准确的。这样的字，在生活里，群众是用着的，但在知识分子口中，在许多作家的笔下，已经消失了。我们应当在生活里多找找这种字。还有一方面，是不断地实践。

沈先生说："本人学习用笔还不到十年，手中一支笔，也只能说正逐渐在成熟中，慢慢脱去矜持、浮夸、生硬、做作，日益接近自然。"（《从文自传·附记》）沈先生写作，共三十年。头一个十年，是试验阶段，学习使用文字阶段。当中十年，是成熟期。这些散文正是成熟期所写。成熟的标志，是脱去"矜持、浮夸、生硬、做作"。

沈先生说他的作品是一些"习作"，他要试验用各种不同方法来组织铺陈。这几十篇散文所用的叙事方法就没有一篇是雷同的！

"一切作品都需要个性，都必须浸透作者人格和感情，想达到这个目的，写作时要独断，彻底的独断！（文学在这时代虽不免被当作商品之一种，便是商品，也有精粗，且即在同一物品上，制作者还可匠心独运，不落窠臼，社会上流行的风格，流行的款式，尽可置之不问。)"(《从文小说习作选·代序》)这在今天，对许多青年作家，也不失为一种忠告。一个作家，要有自己的风格，经得起时间的考验，必须耐得住寂寞，不要赶时髦，不要追求"票房价值"。

"虽然如此，我还预备继续我这个工作，且永远不放下我一点狂妄的想象，以为在另外一时，你们少数的少数，会越过那条间隔城乡的深沟，从一个乡下人的作品中，发现一种燃烧的感情，对于人类智慧与美丽永远的倾心，康健诚实的赞颂，以及对愚蠢自私极端憎恶的感情。这种感情且居然能刺激你们，引起你们对人生向上的憧憬，对当前一切的怀疑。先生，这打算在目前近于一个乡下人的打算，是不是。然而到另外一时，我相信有这种事。"(《从文小说习作选·代序》)莫非这"另外一时"已经到了么？

一九八二年十一月三日上午写完

载一九八四年第八期《读书》

星斗其文，赤子其人

沈先生逝世后，傅汉斯、张充和从美国电传来一幅挽辞。字是晋人小楷，一看就知道是张充和写的。词想必也是她拟的。只有四句：

不折不从　亦慈亦让
星斗其文　赤子其人

这是嵌字格，但是非常贴切，把沈先生的一生概括得很全面。这位四妹对三姐夫沈二哥真是非常了解。——荒芜同志编了一本《我所认识的沈从文》，写得最好的一篇，我以为也应该是张充和写的《三姐夫沈二哥》。

沈先生的血管里有少数民族的血液。他在填履历表时，"民族"一栏里填土家族或苗族都可以，可以由他自由选择。湘西有少数民族血统的人大都有一股蛮劲，狠劲，做什么都要做出一个名堂。黄永玉就是这样的人。沈先生瘦瘦小小（晚年发胖了），但是有用不完的精力。他小时是个顽童，爱游泳（他叫"游水"），进城后好像就不游了。三姐（师母张兆和）很想看他游一次泳，但是没有看到。我当然更没有看到过。他少年当兵，漂泊转徙，很少连续几晚睡在同一张床上。吃的东西，最好的不过是切成四方的大块猪肉（煮在豆芽菜汤里）。行军、拉船，锻炼出一副极富耐力的体魄。二十岁冒冒失失地闯到北平来，举目无亲。连标点符号都不会用，就想用手中一支笔打出一个天下。经常为弄不到一点东西"消化消化"而发愁。冬天屋里生不起火，用被子围起来，还是不停地写。我一九四六年到上海，因为找不到职业，情绪很坏，他写信把我大骂了一顿，说："为了一时的困难，就这样哭哭啼啼的，甚至想到要自杀，真是没出息！你手中有一支笔，怕什么！"他在信里说了一些他刚到北京时的情形。——同时又叫三姐从苏州写了一封很长的信安慰我。他真的用一支笔打出了一个天下了。一个只读过小学的人，竟成了一个大作家，而且积累了那么多的学问，真是一个奇迹。

沈先生很爱用一个别人不常用的词："耐烦"。他说自己不是天才（他应当算是个天才），只是耐烦。他对别人的称赞，也常说"要算耐烦"。看见儿子小虎搞机床设计时，说"要算耐烦"。看见孙女小红做作业时，也说"要算耐烦"。他的

"耐烦"，意思就是锲而不舍，不怕费劲。一个时期，沈先生每个月都要发表几篇小说，每年都要出几本书，被称为"多产作家"，但是写东西不是很快的，从来不是一挥而就。他年轻时常常日以继夜地写。他常流鼻血。血液凝聚力差，一流起来不易止住，很怕人。有时夜间写作，竟致晕倒，伏在自己的一摊鼻血里，第二天才被人发现。我就亲眼看到过他的带有鼻血痕迹的手稿。他后来还常流鼻血，不过不那么厉害了。他自己知道，并不惊慌。很奇怪，他连续感冒几天，一流鼻血，感冒就好了。他的作品看起来很轻松自如，若不经意，但都是苦心刻琢出来的。《边城》一共不到七万字，他告诉我，写了半年。他这篇小说是《国闻周报》上连载的，每期一章。小说共二十一章，21×7＝147，我算了算，差不多正是半年。这篇东西是他新婚之后写的，那时他住在达子营。巴金住在他那里。他们每天写，巴老在屋里写，沈先生搬个小桌子，在院子里树荫下写。巴老写了一个长篇，沈先生写了《边城》。他称他的小说为"习作"，并不完全是谦虚。有些小说是为了教创作课给学生示范而写的，因此试验了各种方法。为了教学生写对话，有的小说通篇都用对话组成，如《若墨医生》；有的，一句对话也没有。《月下小景》确是为了履行许给张家小五的诺言"写故事给你看"而写的。同时，当然是为了试验一下"讲故事"的方法（这一组"故事"

明显地看得出受了《十日谈》和《一千零一夜》的影响）。同时，也为了试验一下把六朝译经和口语结合的文体。这种试验，后来形成一种他自己说是"文白夹杂"的独特的沈从文体，在四十年代的文字（如《烛虚》）中尤为成熟。他的亲戚，语言学家周有光曾说"你的语言是古英语"，甚至是拉丁文。沈先生讲创作，不大爱说"结构"，他说是"组织"。我也比较喜欢"组织"这个词。"结构"过于理智，"组织"更带感情，较多作者的主观。他曾把一篇小说一条一条地裁开，用不同方法组织，看看哪一种形式更为合适。沈先生爱改自己的文章。他的原稿，一改再改，天头地脚页边，都是修改的字迹，蜘蛛网似的，这里牵出一条，那里牵出一条。作品发表了，改。成书了，改。看到自己的文章，总要改。有时改了多次，反而不如原来的，以至三姐后来不许他改了（三姐是《沈先生文集》的一个极其细心，极其认真的义务责任编辑）。沈先生的作品写得最快，最顺畅，改得最少的，只有一本《从文自传》。这本自传没有经过冥思苦想，只用了三个星期，一气呵成。

  他不大用稿纸写作。在昆明写东西，是用毛笔写在当地出产的竹纸上的，自己折出印子。他也用钢笔，蘸水钢笔。他抓钢笔的手势有点像抓毛笔（这一点可以证明他不是洋学堂出身）。《长河》就是用钢笔写的，写在一个硬面的练习簿上，直行，两面写。他的原稿的字很清楚，不潦草，但写的是行书。不熟悉他的字体的排字工人是会感到困难的。他晚年写信写文章爱用秃笔淡墨。用秃笔写那样小的字，不但清楚，而且顿挫有致，真是一个功夫。

他很爱他的家乡。他的《湘西》《湘行散记》和许多篇小说可以作证。他不止一次和我谈起棉花坡，谈起枫树坳——一到秋天满城落了枫树的红叶。一说起来，不胜神往。黄永玉画过一张凤凰沈家门外的小巷，屋顶墙壁颇零乱，有大朵大朵的红花——不知是不是夹竹桃，画面颜色很浓，水气泱泱。沈先生很喜欢这张画，说："就是这样！"八十岁那年，和三姐一同回了一次凤凰，领着她看了他小说中所写的各处，都还没有大变样。家乡人闻知沈从文回来了，简直不知怎样招待才好。他说："他们为我捉了一只锦鸡！"锦鸡毛羽很好看，他很爱那只锦鸡，还抱着它照了一张相，后来知道竟做了他的盘中餐，对三姐说："真煞风景！"锦鸡肉并不怎么好吃。沈先生说及时大笑，但也表现出对乡人的殷勤十分感激。他在家乡听了傩戏，这是一种古调犹存的很老的弋阳腔。打鼓的是一位七十多岁的老人，他对年轻人打鼓失去旧范很不以为然。沈先生听了，说："这是楚声，楚声！"他动情地听着"楚声"，泪流满面。

沈先生八十岁生日，我曾写了一首诗送他，开头两句是：

犹及回乡听楚声,

此身虽在总堪惊。

端木蕻良看到这首诗,认为"犹及"二字很好。我写下来的时候就有点觉得这不大吉利,没想到沈先生再也不能回家乡听一次了!他的家乡每年有人来看他,沈先生非常亲切地和他们谈话,一坐半天。每当同乡人来了,原来在座的朋友或学生就只有退避在一边,听他们谈话。沈先生很好客,朋友很多。老一辈的有林宰平、徐志摩。沈先生提及他们时充满感情。没有他们的提挈,沈先生也许就会当了警察,或者在马路旁边"瘪了"。我认识他后,他经常来往的有杨振声、张奚若、金岳霖、朱光潜诸先生、梁思成林徽因夫妇。他们的交往真是君子之交,既无朋党色彩,也无酒食征逐。清茶一杯,闲谈片刻。杨先生有一次托沈先生带信,让我到南锣鼓巷他的住处去,我以为有什么事。去了,只是他亲自给我煮一杯咖啡,让我看一本他收藏的姚茫父的册页。这册页的芯子只有火柴盒那样大,横的,是山水,用极富金石味的墨线勾轮廓,设极重的青绿,真是妙品。杨先生对待我这个初露头角的学生如此,则其接待沈先生的情形可知。杨先生和沈先生夫妇曾在颐和园住过一个时期,想来也不过是清晨或黄昏到后山谐趣园一带走走，看看湖里的金丝莲，或写出一张得意的字来，互相欣赏欣赏，其余时间各自在屋里读书做事，如此而已。沈先生对青年的帮助真是不遗余力。他曾经自己出钱为一个诗人出了第一本诗集。一九四七年，诗人柯原的父亲故去，家中拉了一笔债，沈先生提出卖字来帮助他。《益世报》登出了沈从文卖字的启事，买字的可定出规格，而将价款直接寄给诗人。柯原一九八〇年去看沈先生，沈先生才记起有这回事。他对学生的作品细心修改，寄给相熟的报刊，尽量争取发表。他这辈子为学生寄稿的邮费，加起来是一个相当可观的数字。抗战时期，通货膨胀，邮费也不断涨，往往寄一封信，信封正面反面都得贴满邮票。为了省一点邮费，沈先生总是把稿纸的天头地脚页边都裁去，只留一个稿芯，这样分量轻一点。稿子发表了，稿费寄来，他必为亲自送去。李霖灿在丽江画玉龙雪山，他的画都是寄到昆明，由沈先生代为出手的。我在昆明写的稿子，几乎无一篇不是他寄出去的。一九四六年，郑振铎、李健吾先生在上海创办《文艺复兴》，沈先生把我的《小学校的钟声》和《复仇》寄去。这两篇稿子写出已经有几年，当时无地方可发表。稿子是用毛笔楷书写在学生作文的绿格本上的，郑先生收到，发现稿纸上已经叫蠹虫蛀了好些洞，使他大为激动。沈先生对我这个学生是很喜欢的。为了躲避日本飞机空袭，他们全家有一阵住在呈贡新街，后迁跑马山桃源新村。沈先生有课时进城住两三天。他进城时，我都去看他，交稿子，看他收藏的宝贝，借书。沈先生的书是为了自己看，也为了借给别人看的。"借书一痴，还书一痴"，借书的痴子不少，还书的痴子可不多。有些书借出去一去无踪。有一次，晚上，我喝得烂醉，坐在路边，沈先生到一处演讲回来，以为是一个难民生了病，走近看看，是我！他和两个同学把我扶到他住处，灌了好些酽茶，我才醒过来。有一回我去看他，牙疼，腮帮子肿得老高。沈先生开了门，一看，一句话没说，出去买了几个大橘子抱着回来了。沈先生的家庭是我见到的最好的家庭，随时都在亲切和谐气氛中。两个儿子，小龙小虎，兄弟怡怡。他们都很高尚清白，无丝毫庸俗习气，无一句粗鄙言语，——他们都很幽默，但幽默得很温雅。一家人于钱上都看得很淡。《沈从文文集》的稿费寄到，九千多元，大概开过家庭会议，又从存款中取出几百元，凑成一万，寄到家乡办学。沈先生也有生气的时候，也有极度烦恼痛苦的时候，在昆明，在北京，我都见到过，但多数时候都是笑眯眯的。他总是用一种善意的、含情的微笑，来看这个世界的一切。到了晚年，喜欢放声大笑，笑得合不拢嘴，且摆动双手作势，真像一个孩子。只有看破一切人事乘除，得失荣辱，全置度外，心地明净无渣滓的人，才能这样畅快地大笑。

沈先生五十年代后放下写小说散文的笔（偶然还写一点，笔下仍极活泼，如写纪念陈翔鹤文章，实写得极好），改业钻研文物，而且钻出了很大的名堂，不少中国人、外国人都很奇怪。实不奇怪。沈先生很早就对历史文物有很大兴趣。他写的关于展子虔《游春图》的文章，我以为是一篇重要文章，从人物服装颜色式样考订图画的年代的真伪，是别的鉴赏家所未注意的方法。他关于书法的文章，特别是对宋四家的看法，很有见地。在昆明，我陪他去遛街，总要看看市招，到裱画店看看字画。昆明市政府对面有一堵大照壁，写满了一壁字（内容已不记得，大概不外是总理遗训），字有七八寸见方大，用二爨掺一点北魏造像题记笔意，白墙蓝字，是一位无名书家写的，写得实在好。我们每次经过，都要去看看。昆明有一位书法家叫吴忠荩，字写得极多，很多人家都有他的字，家家裱画店都有他的刚刚裱好的字。字写得很熟练，行书，只是用笔枯扁，结体少变化。沈先生还去看过他，说："这位老先生写了一辈子字！"意思颇为他水平受到限制而惋惜。昆明碰碰撞撞都可见到黑漆金字抱柱楹联上钱南园的四方大颜字，也还值得一看。沈先生到北京后即喜欢搜集瓷器。有一个时期，他家用的餐具都是很名贵的旧瓷器，只是不配套，因为是一件一件买回来的。他一度专门搜集青花瓷。买到手，过一阵就送人。西南联大好几位助教、研究生结婚时都收到沈先生送的雍正青花的茶杯或酒杯。沈先生对陶瓷赏鉴极精，一眼就知是什么朝代的。一个朋友送我一个梨皮色釉的粗瓷盒子，我拿去给他看，他说："元朝东西，民间窑！"有一阵搜集旧纸，大都是乾隆以前的。多是染过色的，瓷青的、豆绿的、水红的，触手细腻到像煮熟的鸡蛋白外的薄皮，真是美极了。至于茧纸、高丽发笺，那是凡品了（他搜集旧纸，但自己舍不得用来写字。晚年写字用糊窗户的高丽纸，他说："我的字值三分钱。"）。

在昆明，搜集了一阵耿马漆盒。这种漆盒昆明的地摊上很容易买到，且不贵。沈先生搜集器物的原则是"人弃我取"。其实这种竹胎的，涂红黑两色漆，刮出极繁复而奇异的花纹的圆盒是很美的。装点心，装花生米，装邮票杂物均合适，放在桌上也是个摆设。这种漆盒也都陆续送人了。客人来，坐一阵，临走时大都能带走一个漆盒。有一阵研究中国丝绸，弄到许多《大藏经》的封面，各种颜色都有：宝蓝的、茶褐的、肉色的，花纹也是各式各样。沈先生后来写了一本《中国丝绸图案》。有一阵研究刺绣。除了衣服、裙子，弄了好多扇套、眼镜盒、香袋。不知他是从哪里"寻摸"来的。这些绣品的针法真是多种多样。我只记得有一种绣法叫"打子"，是用一个一个丝线疙瘩缀出来的。他给我看一种绣品，叫"七色晕"，用七种颜色的绒绣成一个团花，看了真叫人发晕。他搜集、研究这些东西，不是为了消遣，是从发现、证实中国历史文化的优越这个角度出发的，研究时充满感情。我在他八十岁生日写给他的诗里有一联：

玩物从来非丧志，
著书老去为抒情。

这全是记实。沈先生提及某种文物时常是赞叹不已。马王堆那副不到一两重的纱衣，他不知说了多少次。刺绣用的金线原来是盲人用一把刀，全凭手感，就金箔上切割出来的。他说起时非常感动。有一个木俑（大概是楚俑）一尺多高，衣服非常特别：上衣的一半（连同袖子）是黑色，一半是红的；下裳正好相反，一半是红的，一半是黑的。沈先生说："这真是现代派！"如果照这样式（一点不用修改）做一件时装，拿到巴黎去，由一个长身细腰的模特儿穿起来，到表演台上转那么一转，准能把全巴黎都"震"了！他平生搜集的文物，在他生前全都分别捐给了几个博物馆、工艺美术院校和工艺美术工厂，连收条都不要一个。

沈先生自奉甚薄，穿衣服从不讲究。他在《湘行散记》里说他穿了一件细毛料的长衫，这件长衫我可没见过。我见他时总是一件洗得褪了色的蓝布长衫，夹着一摞书，匆匆忙忙地走。后是蓝卡其布或涤卡的干部服,黑灯芯绒的"懒汉鞋"。有一年做了一件皮大衣(我记得是从房东手里买的一件旧皮袍改制的,灰色粗线呢面),他穿在身上,说是很暖和,高兴得像一个孩子。吃得很清淡。我没见他下过一次馆子。在昆明,我到文林街二十号他的宿舍去看他,到吃饭时总是到对面米线铺吃一碗一角三分钱的米线。有时加一个西红柿,打一个鸡蛋,超不过两角五分。三姐是会做菜的,会做八宝糯米鸭,炖在一个大砂锅里,但不常做。他们住在中老胡同时,有时张充和骑自行车到前门月盛斋买一包烧羊肉回来,就算加了菜了。在小羊宜宾胡同时,常吃的不外是炒四川的菜头,炒慈菇。沈先生爱吃慈菇,说"这个好,比土豆'格'高"。他在《自传》中说他很会炖狗肉,我在昆明、在北京都没见他炖过一次。有一次他到他的助手王亚蓉家去,先来看看我(王亚蓉住在我们家马路对面,——他七十多了,血压高到二百多,还常为了一点研究资料上的小事到处跑),我让他过一会来吃饭。他带来一卷画,是古代马戏图的摹本,实在是很精彩。他非常得意地问我的女儿:"精彩吧?"那天我给他做了一只烧羊腿,一条鱼。他回家一再向三姐称道:"真好吃。"他经常吃的荤菜是:猪头肉。

他的丧事十分简单。他凡事不喜张扬,最反对搞个人的纪念活动,反对"办生做寿"。他生前累次嘱咐家人,他死后，不开追悼会，不举行遗体告别。但火化之前，总要有一点仪式。新华社消息的标题是沈从文告别亲友和读者，是合适的。只通知少数亲友。——有一些景仰他的人是未接通知自己去的。不收花圈，只有约二十多个布满鲜花的花篮，很大的白色的百合花、康乃馨、菊花、莒兰。参加仪式的人也不戴纸制的白花，但每人发给一枝半开的月季，行礼后放在遗体边。不放哀乐，放沈先生生前喜爱的音乐，如贝多芬的"悲怆"奏鸣曲等。沈先生面色如生，很安详地躺着。我走近他身边，看着他，久久不能离开。这样一个人，就这样地去了。我看他一眼，又看一眼，我哭了。

沈先生家有一盆虎耳草，种在一个椭圆形的小小钧窑盆里。很多人不认识这种草。这就是《边城》里翠翠在梦里采摘的那种草，沈先生喜欢的草。

一九八八年五月二十六日

载一九八八年第七期《人民文学》

美——生命

——《沈从文谈人生》代序

我在做一件力不从心的事。

我发现我对我的老师并不了解。

曾经有一位评论家说沈先生是"空虚的作家"。沈先生说这话"很有见识"。这是反话。有一位评论家要求作家要有"思想"。沈先生说:"你们所要的'思想',我本人就完全不懂你说的是什么意义。"这是气话。李健吾先生曾说:"说沈从文没有哲学。沈从文怎么没有哲学呢?他最有哲学。"这是真话么?是真话。

不过作家的哲学都是零碎的,分散的,缺乏逻辑,缺乏系统,而且作家所用的名词概念常和别人不一样,有他的自己的意义,因此寻绎作家的哲学是困难的。

沈先生曾这样描述自己:

我就是个不想明白道理却永远为现象所倾心的人。我看一切，却并不把那个社会价值掺加进去，估定我的爱憎。我不愿问价钱多少来为万物作一个好坏的批评，却愿意考查它在我官觉上使我愉快不愉快的分量。我永远不厌倦的是"看"一切。宇宙万汇在运动中，在静止中，在我印象里，我都能抓定它的最美丽与最调和的风度，但我的爱好显然却不能同一般目的相合。我不明白一切同人类生活相联结时的美恶，换一句话说，就是我不大能领会伦理的美。接近人生时，我永远是个艺术家的感情，却绝不是所谓道德君子的感情。（《从文自传·女难》）

这段话说得很美。说对了么？说对了。但是只说对了一半。沈先生并不完全是这样。在另一处，沈先生说：

曾经有人询问我："你为什么要写作？"

我告他我这个乡下人的意见："因为我活到这个世界里有所爱。美丽，清洁，智慧，以及对全人类幸福的幻影，皆永远觉得是一种德性，也因此永远使我对它崇拜和倾心。这点情绪同宗教情绪完全一样。这点情绪促我来写作，不断地写作，没有厌倦，只因为我在各个作品各种形式里，表现我对于这个道德的努力。（《篱下集题记》）

沈先生在两段话里都用了"倾心"这个字眼。他所"倾心"的对象即使不是互相矛盾的，但也不完全是一回事。只有把"最美丽与最调和的风度"和"德性"统一起来，才能达到完整的宗教情绪。

沈先生是我见过的唯一的（至少是少有的）具有宗教情绪的人。他对人，对工作，对生活，对生命，无不用一种极其严肃的、虔诚笃敬的态度对待。

沈先生曾说：

我崇拜朝气，欢喜自由，赞美胆量大的，精力强的……这种人也许野一点，粗一点，但一切伟大事业伟大作品就只这类人有分。（《篱下集题记》）

沈先生又说："我是个对一切无信仰的人，却只相信'生命'。"

写《沈从文传》的美国人金介甫说："沈从文的上帝是生命。"

沈先生用这种遇事端肃的宗教情绪，像阿拉伯人皈依真主那样走过了他的强壮、充实的一生。这对年轻人体认自己的价值，是有好处的。这些年理论界提出人的价值观念，沈先生是较早地提出"生命价值"的,并且用他的一生实证了"生命价值"的人。

沈先生在文章中屡次使用的一个名词是"人性"。

这世界上或有想在沙基或水面上建造崇楼杰阁的人,那可不是我。我只想造希腊小庙,选山地作基础,用坚硬石头堆砌它。精致,结实,匀称,形体虽小而不纤巧,是我理想的建筑。这小庙供奉的是"人性"。做成了,你们也许嫌它式样太旧了,形体太小了,不妨事。(《习作选集代序》)

我要表现的本是一种"人生的形式",一种"优美、健康、自然,再又不悖乎人性的人生形式"。(《习作选集代序》)

"人性"是一个引起麻烦的概念,到现在也没有扯清楚。是不是只有具体的"人性"——其实就是阶级性,没有抽象的人性,即人类共有的本性?我们只能从日常的生活用语来解释什么是人性,即美的、善的,是合乎人性的;恶的、丑的,是不合人性的。通常说:"灭绝人性",这个人"没有人性"就是这个意思。比如说一个人强奸幼女,"一点人性都没有"。沈先生把"优美""健康"和"不悖人性"联系在一起,是说"人性"是美的,善的。否定一般的、抽象的人性的一个恶果是"十年浩劫"的大破坏,而被破坏得最厉害的也正是"人性"，以致我们现在要呼唤"人性的回归"。沈先生提出"人性"，我以为在提高民族心理素质上是有益的。

什么是沈从文的宗教意识，沈从文的上帝，沈从文的哲学的核心？——美。

黑格尔提出"美是生命"的命题。我们也许可以反过来变成这样的逆命题："生命是美"，也许这运用在沈先生身上更为贴切一些。

美是人创造的。沈先生对人用一片铜，一块泥土，一把线，加上自己的想象创造出美，总是惊奇不置。

沈先生有时把创造美的人和上帝造物混为一体。

这种美或由上帝造物之手所产生，一片铜，一块石头，一把线，一组声音，其物虽小，可以见世界之大，并见世界之全。或即"造物"，最直接最简便那个"人"。流星闪电刹那即逝，即从此显示一种美丽的圣境，人亦相同。一微笑，一皱眉，无不同样可以显出那种圣境。一个人的手足眉发在此一闪即逝的缥缈印象中，即无不可以见出造物者手艺之无比精巧。凡知道用各种感觉捕捉这种美丽神奇光影的，此光影在生命中即终生不灭。但丁、歌德、曹植、李煜，便是将这种光影用文学组成形式，保留的比较完整的几个人。这些人写成的作品虽各不相同，所得启示必中外古今如一，即一刹那间被美丽所照耀，所征服，所教育是也。

"如中毒，如受电，当之者必喑哑萎悴，动弹不得，失其所信所守"。美之所以为美，恰恰如此。(《烛虚》)

沈先生对自然有一种特殊的敏感，有泛神倾向。他很易为"现象"所感动。河水，水上灰色的小船，黄昏将临时黑色的远山，黑色的树，仙人掌篱笆间缀网的长脚蜘蛛，半枯的柽柳，翠湖的猪耳莲，水手的歌声，画眉的鸣叫……都会使他强烈地感动，以至眼中含泪。沈先生说过：美丽总是使人哀愁的。

沈先生有时是生活在梦里的。

夜梦极可怪。见一淡绿百合花，颈弱而花柔，花身略有斑点青渍，倚立门边微微动摇。在不可知地方好像有极熟习的声音在招呼：

"你看看好，应当有一粒星子在花中。仔细看看。"

于是伸手触之。花微抖，如有所怯。亦复微笑，如有所恃。因轻轻摇触那个花柄，花蒂，花瓣。近花处几片叶子全落了。

如闻叹息，低而分明。(《生命》)

这很难索解，但是写得多美！

沈先生四十岁以后一直是在梦与现实之间飘游的。

照我思索，能理解"我"；照我思索，可认识"人"。

这里的"我""人"都是复数，是抽象的"人"，哲学的"我"，而沈先生的思索，正如他自己所说，是"抽象的情"。

要理解一个作家，是困难的。

关先生编选的这本书虽是资料性的工具书，但从他的选择、分类上，可以看出是有自己的看法的。关先生的工作细致、认真，值得感谢。

一九九三年十月十四日

载一九九四年第一期《中华散文》

《晚饭花集》自序

一九八一年下半年至一九八三年下半年所写的短篇小说都在这里了。

集名《晚饭花集》，是因为集中有一组以《晚饭花》为题目的小说。不是因为我对这一组小说特别喜欢，而是觉得其他各篇的题目用作集名都不太合适。我对自己写出的作品都还喜欢，无偏爱。读过我的作品的熟人，有人说他喜欢哪一两篇，不喜欢哪一两篇；另一个人的意见也许正好相反。他们问我自己的看法，我常常是笑而不答。

我对晚饭花这种花并不怎么欣赏。我没有从它身上发现过"香远益清""出淤泥而不染"之类的品德，也绝对到不了"不可一日无此君"的地步。这是一种很低贱的花，比牵牛花、凤仙花以及北京人叫作"死不了"的草花还要低贱。凤仙花、"死不了"，间或还有卖的。谁见过花市上卖过晚饭花？这种花公园里不种，画家不画，诗人不题咏。它的缺点一是无姿态，二是叶子太多，铺铺拉拉，重重叠叠，乱乱哄哄的一大堆。颜色又是浓绿的。就算是需要进行光合作用，取得养分，也用不着生出这样多的叶子呀，这真是一种毫无节制的浪费！三是花形还好玩，但也不算美，一个长柄的小喇叭。颜色以深胭脂红的为多，也有白的和黄的。这种花很易串种。黄花、白花的瓣上往往有不规则的红色细条纹。花多而细碎。这种花用"村""俗"来形容，都不为过。最恰当的还是北京人爱用的一个字："怯"。北京人称晚饭花为野茉莉，实在是抬举它了。它跟茉莉可以说毫不相干，也一定不会是属于同一科，枝、叶、花形都不相似。把它和茉莉拉扯在一起，可能是因为它有一点淡淡的清香，——然而也不像茉莉的气味。只有一个"野"字它倒是当之无愧的。它是几乎不用种的。随便丢几粒种子到土里，它就会赫然地长出了一大丛。结了子，落进土中，第二年就会长出更大的几丛，只要有一点空地，全给你占得满满的，一点也不客气。它不怕旱，不怕涝，不用浇水，不用施肥，不得病，也没见它生过虫。这算是什么花呢？然而不是花又是什么呢？你总不能说它是庄稼，是蔬菜，是药材。虽然吴其浚说它的种子的黑皮里有一囊白粉，可食；叶可为蔬，如马兰头；俚医用其根治吐血，但我没有见到有人吃过，服用过。那就还算它是一种花吧。

我的小说和晚饭花无相似处，但其无足珍贵则同。

我的对于晚饭花还有一点好感，是和我的童年的记忆有关系的。我家的荒废的后园的一个旧花台上长着一丛晚饭花。晚饭以后，我常常到废园里捉蜻蜓，一捉能捉几十只。选两只放在帐子里让它吃蚊子（我没见过蜻蜓吃蚊子，但我相信它是吃的），其余的装在一个大鸟笼里，第二天一早又把它们全放了。我在别的花木枝头捉，也在晚饭花上捉。因此我的眼睛里每天都有晚饭花。看到晚饭花，我就觉得一天的酷暑过去了，凉意暗暗地从草丛里生了出来，身上的痱子也不痒了，很舒服；有时也会想到又过了一天，小小年纪，也感到一点惆怅，很淡很淡的惆怅。而且觉得有点寂寞，白菊花茶一样的寂寞。

我的儿子曾问过我："《晚饭花》里的李小龙是你自己吧？"我说："是的。"我就像李小龙一样，喜欢随处流连，东张西望。我所写的人物都像王玉英一样，是我每天要看的一幅画。这些画幅吸引着我，使我对生活产生兴趣，使我的心柔软而充实。而当我所倾心的画中人遭到命运的不公平的簸弄时，我也像李小龙那样觉得很气愤。便是现在，我也还常常为一些与我无关的事而发出带孩子气的气愤。这种倾心和气愤，大概就是我自己称之为抒情现实主义的心理基础。

这一集，从形式上看，如果说有什么特点，是有一些以三个小短篇为一组的小说。数了数，竟有六组。这些小短篇的组合，有的有点外部的或内部的联系。比如《故里三陈》写的三个人都姓陈；《钓人的孩子》所写的都是与钱有关的小故事。有的则没有联系，不能构成"组曲"，如《小说三篇》，其实可以各自成篇。至于为什么总是三篇为一组，也没有什么道理，只是因一篇太单，两篇还不足，三篇才够"一卖"。"事不过三"，三请诸葛亮，三戏白牡丹，都是三。一二三，才够意思。

我写短小说，一是中国本有用极简的笔墨摹写人事的传统，《世说新语》是突出的代表。其后不绝如缕。我爱读宋人的笔记甚于唐人传奇。《梦溪笔谈》《容斋随笔》记人事部分我都很喜欢。归有光的《寒花葬志》、龚定庵的《记王隐君》，我觉得都可当小说看。

第二是我过去就曾经写过一些记人事的短文。当时是当作散文诗来写的。这一集中的有些篇，如《钓人的孩子》《职业》《求雨》，就还有点散文诗的味道。散文诗和小说的分界处只有一道篱笆，并无墙壁(阿左林和废名的某些小说实际上是散文诗)。我一直以为短篇小说应该有一点散文诗的成分。把散文诗编入小说集，并非自我作古，我看到有些外国作家就这样办过。

第三，这和作者的气质有关。倪云林一辈子只能画平远小景，他不能像范宽一样气势雄豪，也不能像王蒙一样烟云满纸。我也爱看金碧山水和工笔重彩人物，但我画不来。我的调色碟里没有颜色，只有墨，从渴墨焦墨到浅得像清水一样的淡墨。有一次以矮纸尺幅画初春野树，觉得需要一点绿，我就挤了一点菠菜汁在上面。我的小说也像我的画一样，逸笔草草，不求形似。又我的小说往往是应刊物的急索，短稿较易承命。书被催成墨未浓，殊难计其工拙。

这一集里的小说和《汪曾祺短篇小说选》（北京出版社一九八二年出版），在思想上和方法上有些什么不同？很难说。几年的功夫，很难看出一个作者的作品有多少明显的变化。到了我这样的年龄，很难像青年作家一样会产生飞跃。我不像毕加索那样多变。不过比较而言，也可以说出一些。

从思想情绪上说，前一集更明朗欢快一些。那一集小说明显地受了三中全会的间接影响。三中全会一开，全国人民思想解放，情绪活跃，我的一些作品（如《受戒》《大淖记事》）的调子是很轻快的。现在到了扎扎实实建设社会主义的时候了，现在是为经济的全面起飞做准备的阶段，人们都由欢欣鼓舞转向深思。我也不例外，小说的内容渐趋沉着。如果说前一集的小说较多抒情性，这一集则较多哲理性。我的作品和政治结合得不紧，但我这个人并不脱离政治。我的感怀寄托是和当前社会政治背景息息相关的。必须先论世，然后可以知人。离开了大的政治社会背景来分析作家个人的思想，是说不清楚的。我想，这是唯物主义的方法。当然，说不同，只是相对而言。如果把这一集的小说编入上一集，或把上一集的编入这一集，皆无不可。大体上，这两集都可以说是一个不乏热情，还算善良的中国作家八十年代初期的思想的记录。

在文风上，我是更有意识地写得平淡的。但我不能一味地平淡。一味平淡，就会流于枯瘦。枯瘦是衰老的迹象。我还不太服老。我愿意把平淡和奇崛结合起来。我的语言一般是流畅自然的，但时时会跳出一两个奇句、古句、拗句，甚至有点像是外国作家写出来的带洋味儿的句子。老夫聊发少年狂，诸君其能许我乎？另一点是，我是更有意识地吸收民族传统的，在叙述方法上有时简直有点像旧小说，但是有时忽然来一点现代派的手法，意象、比喻，都是从外国移来的。这一点和前一点其实是一回事。奇，往往就有点洋。但是，我追求的是和谐。我希望溶奇崛于平淡，纳外来于传统，能把它们糅在一起。奇和洋为了"醒脾"，但不能瞧着扎眼，"硌生"。

我已经六十三岁，不免有"晚了"之感，但思想好像还灵活，希望能抓紧时间，再写出一点。曾为友人画冬日菊花，题诗一首：

新沏清茶饭后烟，
自搔短发负晴暄。
枝头残菊开还好，
留得秋光过小年。

愿以自勉，且慰我的同代人。

如果继续写下去，应该写出一点更深刻、更有分量的东西。

是为序。

一九八三年九月一日

谈风格

一个人的风格是和他的气质有关系的。布封说过："风格即人。"中国也有"文如其人"的说法。人和人是不一样的。趋舍不同，静躁异趣。杜甫不能为李白的飘逸，李白也不能为杜甫的沉郁。苏东坡的词宜关西大汉执铁绰板唱"大江东去"，柳耆卿的词宜十三四女郎持红牙板唱"今宵酒醒何处，杨柳岸晓风残月"。中国的词大别为豪放与婉约两派。其他文体大体也可以这样划分。不知从什么时候起，因为什么，豪放派占了上风。茅盾同志曾经很感慨地说："现在很少人写婉约的文章了"。"十年浩劫"，没有人提起风格这个词。我在"样板团"工作过。江青规定："要写'大江东去'，不要'小桥流水'！"我是个只会写"小桥流水"的人，也只好跟着唱了十年空空洞洞的豪言壮语。三中全会以后，我才又重新开始发表小说，我觉得我可以按照我自己的样子写小说了。三中全会以后，文艺形势空前大好的标志之一，是出现了很多不同风格的作品。这一点是"十七年"所不能比拟的。那时作品的风格比较单一。茅盾同志发出感慨，正是在这样的时候。一个人要使自己的作品有风格，要能认识自己、发现自己，并且，应该不客气地说，欣赏自己。"我与我周旋久，宁作我"。一个人很少愿意自己是另外一个人的。一个人不能说自己写得最好，老子天下第一。但是就这个题材，这样的写法，以我为最好，只有我能这样的写。我和我比，我第一！一个随人俯仰，毫无个性的人不能成为一个作家的。

其次，要形成个人的风格，读和自己气质相近的书。也就是说，读自己喜欢的书，对自己口味的书。我不太主张一个作家有系统地读书。作家应该博学，一般的名著都应该看看。但是作家不是评论家，更不是文学史家。我们不能按照中外文学史循序渐进，一本一本地读那么多书，更不能按照文学史的定论客观地决定自己的爱恶。我主张抓到什么就读什么，读得下去就一连气读一阵，读不下去就抛到一边。屈原的代表作是《离骚》，我直到现在还是比较喜欢《九歌》。李、杜是大家，他们的诗我也读了一些，但是在大学的时候，我有一阵偏爱王维，后来又读了一阵温飞卿、李商隐。诗何必盛唐。我觉得龚自珍的态度很好："我论文章恕中晚，略工感慨是名家。"有一个人说得更为坦率："一种风情吾最爱，六朝人物晚唐诗。"有何不可？一个人的兴趣有时会随年龄、境遇发生变化。我在大学时很看不起元人小令，认为浅薄无聊。后来因为工作关系，读了一些，才发现其中的淋漓沉痛处。巴尔扎克很伟大，可是我就是不能用社会学的观点读他的《人间喜剧》。托尔斯泰的《战争与和平》，我是到近四十岁时，因为成了右派，才在劳动改造的过程中硬着头皮读完了的。孙犁同志说他喜欢屠格涅夫的长篇，不喜欢他的短篇；我则刚好相反，我认为都可以。作家读书，允许有偏爱。作家所偏爱的作品往往会影响他的气质，成为他个性的一部分。契诃夫说过：告诉我你读的是什么书，我就可知道你是一个怎样的人。作家读书，实际上是读另外一个自己所写的作品。法郎士在《生活文学》第一卷的序言里说过："为了真诚坦白，批评家应该说：'先生们，关于莎士比亚，关于拉辛，我所讲的就是我自己。'"作家更是这样。一个作家在谈论别的作家时，谈的常常是他自己。"六经注我"，中国的古人早就说过。

一个作家读很多书，但是真正影响到他的风格的，往往只有不多的作家，不多的作品。有人问我受哪些作家影响比较深，我想了想：古人里是归有光，中国现代作家是鲁迅、沈从文、废名，外国作家是契诃夫和阿左林。

我曾经在一次讲话中说到归有光善于以清淡的文笔写平

常的人事。这个意思其实古人早就说过。黄梨洲《文案》卷三《张节母叶孺人墓志铭》云：

"予读震川文之为女妇者，一往情深，每以一二细事见之，使人欲涕。盖古今来事无巨细，唯此可歌可泣之精神，长留天壤。"

姚鼐《与陈硕士》尺牍云：

"归震川能于不要紧之题，说不要紧之语，却自风韵疏淡，此乃是于太史公深有会处，此境又非石士所易到耳。"

王锡爵《归公墓志铭》说归文"无意于感人，而欢愉惨恻之思，溢于言表"。连被归有光诋为"庸妄巨子"的王世贞在晚年也说他"不事雕饰而自有风味"（《归太仆赞序》）。这些话都说得非常中肯。归有光的名文有《先妣事略》《项脊轩志》《寒花葬志》等篇。我受到影响的也只是这几篇。归有光在思想上是正统派，我对他的那些谈学论道的大文实在不感兴趣。我曾想：一个思想迂腐的正统派，怎么能写出那样富于人情味的优美的抒情散文呢？这问题我一直还没有想明白。归有光自称他的文章出于欧阳修。读《泷冈阡表》，可以知道《先妣事略》这样的文章的渊源。但是归有光比欧阳修写得更平易，更自然。他真是做到"无意为文"，写得像家常话似的。他的结构"随意曲折"，若无结构。他的语言更接近口语，叙述语言与人物语言衔接处若无痕迹。他的《项脊轩志》的结尾：

庭有枇杷树，吾妻死之年所手植也，今已亭亭如盖矣！

平淡中包含几许惨恻，悠然不尽，似中国古文里的一个有名的结尾。使我更为惊奇的是前面的：

"吾妻归宁，述诸小妹语：'闻姊家有阁子，且何谓阁子也？'"

话没有说完，就写到这里。想来归有光的夫人还要向小妹解释何谓阁子的，然而，不写了。写出了，有何意味？写了半句，而闺阁姊妹之间闲话神情遂如画出。这种照生活那样去写生活，是很值得我们今天写小说时参考的。我觉得归有光是和现代创作方法最能相通，最有现代味儿的一位中国古代作家。我认为他的观察生活和表现生活的方式很有点像契诃夫。我曾说归有光是中国的契诃夫，并非怪论。

中国现代作家的作品我读得比较熟的是鲁迅。我在下放劳动期间曾发愿将鲁迅的小说和散文像金圣叹批《水浒》那样,逐句逐段地加以批注。搞了两篇,因故未竟其事。中国五十年代以前的短篇小说作家不受鲁迅影响的,几乎没有。近年来研究鲁迅的、谈鲁迅的思想的较多,谈艺术技巧的少。现在有些年轻人已经读不懂鲁迅的书,不知鲁迅的作品好在哪里了。看来宣传艺术家鲁迅,还是我们的责任。这一课必须补上。

我是沈从文先生的学生。

废名这个名字现在几乎没有人知道了。国内出版的中国现代文学史没有一本提到他。这实在是一个真正很有特点的作家。他在当时的读者就不是很多,但是他的作品曾经对相当多的三十年代、四十年代的青年作家,至少是北方的青年作家,产生过颇深的影响。这种影响现在看不到了,但是它并未消失。它像一股泉水,在地下流动着。或许有一天,会汩汩地流到地面上来的。他的作品不多,一共大概写了六篇小说,都很薄。他后来受了佛教思想的影响,作品中有见道之言,很不好懂。《莫须有先生传》就有点令人莫名其妙,到了《莫须有先生坐飞机以后》就不知所云了。但是他早期的作品,《桥》《枣》《桃园》《竹林的故事》,写得真是很美。他把晚唐诗的超越理性，直写感觉的象征手法移到小说里来了。他用写诗的办法写小说，他的小说实际上是诗。他的小说不注重写人物，也几乎没有故事。《竹林的故事》算是长篇，叫作"故事"，实无故事，只是几个孩子每天生活的记录。他不写故事，写意境。但是他的小说是感人的，使人得到一种不同寻常的感动。因为他对于小儿女是那么富于同情心。他用儿童一样明亮而敏感的眼睛观察周围世界，用儿童一样简单而准确的笔墨来记录。他的小说是天真的，具有天真的美。因为他善于捕捉儿童的飘忽不定的思想和情绪，他运用了意识流。他的意识流是从生活里发现的，不是从外国的理论或作品里搬来的。有人说他的小说很像弗·沃尔芙，他说他没有看过沃尔芙的作品。后来找来看看，自己也觉得果然很像。这是一个很有趣的现象。身在不同的国度，素无接触，为什么两个作家会找到同样的方法呢？因为他追随流动的意识，因此他的行文也和别人不一样。周作人曾说废名是一个讲究文章之美的小说家。又说他的行文好比一溪流水，遇到一片草叶，都要去抚摸一下，然后又汪汪地向前流去。这说得实在非常好。

我讲了半天废名，你也许会在心里说：你说的是你自己吧？我跟废名不一样（我们世界观首先不同）。但是我确实受过他的影响，现在还能看得出来。

契诃夫开创了短篇小说的新纪元。他在世界范围内使"小说观"发生了很大的变化，从重情节、编故事发展为写生活，按照生活的样子写生活。从戏剧化的结构发展为散文化的结构。于是才有了真正的短篇小说，现代的短篇小说。托尔斯泰最初很看不惯契诃夫的小说。他说契诃夫是一个很怪的作家，他好像把文字随便地丢来丢去，就成了一篇小说了。托尔斯泰的话说得非常好。随便地把文字丢来丢去，这正是现代小说的特点。

"阿左林是古怪的"（这是他自己的一篇小品的题目）。他是一个沉思的、回忆的、静观的作家。他特别擅长于描写安静，描写在安静的回忆中人物的心理的潜微的变化。他的小说的戏剧性是觉察不出来的戏剧性。他的"意识流"是明澈的，覆盖着清凉的阴影，不是芜杂的、纷乱的。热情的恬淡，入世的隐逸。阿左林笔下的西班牙是一个古旧的西班牙，真正的西班牙。

以上，我老实交代了我曾经接受过的影响，未必准确。至于这些影响怎样形成了我的风格（假如说我有自己的风格），那是说不清楚的。人是复杂的，不能用化学的定性分析方法分析清楚。但是研究一个作家的风格，研究一下他所曾接受的影响是有好处的。如果你想学习一个作家的风格，最好不要直接学习他本人，还是学习他所师承的前辈。你要认老师，还得先见见太老师。一祖三宗，渊源有自。这样才不至流于照猫画虎，邯郸学步。

一个作家形成自己的风格大体要经过三个阶段：一、模仿；二、摆脱；三、自成一家。初学写作者，几乎无一例外，要经过模仿的阶段。我年轻时写作学沈先生，连他的文白杂糅的语言也学。我的《汪曾祺短篇小说选》第一篇《复仇》，就有模仿西方现代派的方法的痕迹。后来年岁大了一些，到了"而立之年"了吧，我就竭力想摆脱我所受的各种影响，尽量使自己的作品不同于别人。郭小川同志在"文化大革命"后期有一次碰到我，说："你说过的一句话，我到现在还记得。"我问他是什么话，他说："你说过：'凡是别人那样写过的，我就决不再那样写！'"我想想，是说过。那还是反右以前的事了。我现在不说这个话了。我现在岁数大了，已经无意于使自己的作品像谁，也无意使自己的作品不像谁了。别人是怎样写的，我已经模糊了，我只知道自己这样的写法，只会这样写了。我觉得怎样写合适，就怎样写。我现在看作品，已经很少从形成自己的风格这样的角度去看了。对于曾经影响过我的作家的作品，近几年我也很少再看。然而：

菌子已经没有了，但是菌子的气味留在空气里。

影响，是仍然存在的。

一个人也不能老是一个风格，只有一个风格。风格，往往是因为所写的题材不同而有差异的。或庄，或谐；或比较抒情，或尖刻冷峻。但是又看得出还是一个人的手笔。一方面，文备众体；另一方面又自成一家。

一九八四年二月二十一日
载一九八四年第六期《文学月报》

金岳霖先生

西南联大有许多很有趣的教授,金岳霖先生是其中的一位。金先生是我的老师沈从文先生的好朋友。沈先生当面和背后都称他为"老金"。大概时常来往的熟朋友都这样称呼他。关于金先生的事,有一些是沈先生告诉我的。我在《沈从文先生在西南联大》一文中提到过金先生。有些事情在那篇文章里没有写进,觉得还应该写一写。

金先生的样子有点怪。他常年戴着一顶呢帽,进教室也不脱下。每一学年开始,给新的一班学生上课,他的第一句话总是:"我的眼睛有毛病,不能摘帽子,并不是对你们不尊重,请原谅。"他的眼睛有什么病,我不知道,只知道怕阳光。因此他的呢帽的前檐压得比较低,脑袋总是微微地仰着。他后来配了一副眼镜,这副眼镜一只的镜片是白的,一只是黑的。这就更怪了。后来在美国讲学期间把眼睛治好了,——好一些,眼镜也换了,但那微微仰着脑袋的姿态一直还没有改变。他身材相当高大，经常穿一件烟草黄色的麂皮夹克，天冷了就在里面围一条很长的驼色的羊绒围巾。联大的教授穿衣服是各色各样的。闻一多先生有一阵穿一件式样过时的灰色旧夹袍，是一个亲戚送给他的，领子很高，袖口极窄。联大有一次在龙云的长子、蒋介石的干儿子龙绳武家里开校友会，——龙云的长媳是清华校友，闻先生在会上大骂"蒋介石，王八蛋！混蛋！"那天穿的就是这件高领窄袖的旧夹袍。朱自清先生有一阵披着一件云南赶马人穿的蓝色毡子的一口钟。除了体育教员，教授里穿夹克的，好像只有金先生一个人。他的眼神即使是到美国治了后也还是不大好，走起路来有点深一脚浅一脚。他就这样穿着黄夹克，微仰着脑袋，深一脚浅一脚地在联大新校舍的一条土路上走着。

金先生教逻辑。逻辑是西南联大规定文学院一年级学生的必修课，班上学生很多，上课在大教室，坐得满满的。在中学里没有听说有逻辑这门学问，大一的学生对这课很有兴趣。金先生上课有时要提问，那么多的学生，他不能都叫得上名字来，——联大是没有点名册的，他有时一上课就宣布："今天，穿红毛衣的女同学回答问题。"于是所有穿红毛衣的女同学就都有点紧张，又有点兴奋。那时联大女生在蓝阴丹士林旗袍外面套一件红毛衣成了一种风气。——穿蓝毛衣、黄毛衣的极少。问题回答得流利清楚，也是件出风头的事。金先生很注意地听着，完了，说："Yes！请坐！"

学生也可以提出问题，请金先生解答。学生提的问题深浅不一，金先生有问必答，很耐心。有一个华侨同学叫林国达，操广东普通话，最爱提问题，问题大都奇奇怪怪。他大概觉得逻辑这门学问是挺"玄"的，应该提点怪问题。有一次他又站起来提了一个怪问题，金先生想了一想，说："林国达同学，我问你一个问题：Mr. 林国达 is perpenticular to the blackboard（林国达君垂直于黑板），这什么意思？"林国达傻了。林国达当然无法垂直于黑板，但这句话在逻辑上没有错误。

林国达游泳淹死了。金先生上课，说："林国达死了，很不幸。"这一堂课，金先生一直没有笑容。

有一个同学，大概是陈蕴珍，即萧珊，曾问过金先生："您为什么要搞逻辑？"逻辑课的前一半讲三段论，大前提、小前提、结论、周延、不周延、归纳、演绎……还比较有意思。后半部全是符号，简直像高等数学。她的意思是：这种学问多么枯燥！金先生的回答是："我觉得它很好玩。"

除了文学院大一学生必修逻辑，金先生还开了一门"符号逻辑"，是选修课。这门学问对我来说简直是天书。选这门课的人很少，教室里只有几个人。学生里最突出的是王浩。金先生讲着讲着，有时会停下来，问："王浩，你以为如何？"

这堂课就成了他们师生二人的对话。王浩现在在美国。前些年写了一篇关于金先生的较长的文章，大概是论金先生之学的，我没有见到。

王浩和我是相当熟的。他有个要好的朋友王景鹤，和我同在昆明黄土坡一个中学教书，王浩常来玩。来了，常打篮球。大都是吃了午饭就打。王浩管吃了饭就打球叫"练盲肠"。王浩的相貌颇"土"，脑袋很大，剪了一个光头，——联大同学剪光头的很少，说话带山东口音。他现在成了洋人——美籍华人，国际知名的学者，我实在想象不出他现在是什么样子。前年他回国讲学，托一个同学要我给他画一张画。我给他画了几个青头菌、牛肝菌、一根大葱、两头蒜，还有一块很大的宣威火腿。——火腿是很少入画的。我在画上题了几句话，有一句是"以慰王浩异国乡情"。王浩的学问，原来是师承金先生的。一个人一生哪怕只教出一个好学生，也值得了。当然，金先生的好学生不止一个人。

金先生是研究哲学的，但是他看了很多小说。从普鲁斯特到福尔摩斯，都看。听说他很爱看平江不肖生的《江湖奇侠传》。有几个联大同学住在金鸡巷，陈蕴珍、王树藏、刘北汜、施载宣（萧荻）。楼上有一间小客厅。沈先生有时拉一个熟人去给少数爱好文学、写写东西的同学讲一点什么。金先生有一次也被拉了去。他讲的题目是《小说和哲学》。题目是沈先生给他出的。大家以为金先生一定会讲出一番道理。不料金先生讲了半天，结论却是：小说和哲学没有关系。有人问："那么《红楼梦》呢？"金先生说："《红楼梦》里的哲学不是哲学。"他讲着讲着，忽然停下来："对不起，我这里有个小动物。"他把右手伸进后脖颈，捉出了一个跳蚤，捏在手指里看看，甚为得意。

金先生是个单身汉（联大教授里不少光棍，杨振声先生曾写过一篇游戏文章《释鳏》，在教授间传阅），无儿无女，但是过得自得其乐。他养了一只很大的斗鸡（云南出斗鸡）。这只斗鸡能把脖子伸上来，和金先生一个桌子吃饭。他到处搜罗大梨、大石榴，拿去和别的教授的孩子比赛。比输了，就把梨或石榴送给他的小朋友，他再去买。

金先生朋友很多，除了哲学家的教授外，时常来往的，据我所知，有梁思成、林徽因夫妇，沈从文、张奚若……君子之交淡如水，坐定之后，清茶一杯，闲话片刻而已。金先生对林徽因的谈吐才华，十分欣赏。现在的年轻人多不知道林徽因。她是学建筑的，但是对文学的趣味极高，精于鉴赏，所写的诗和小说如《窗子以外》《九十九度中》风格清新，一时无二。林徽因死后，有一年，金先生在北京饭店请了一次客，老朋友收到通知，都纳闷：老金为什么请客？到了之后，金先生才宣布："今天是徽因的生日。"

金先生晚年深居简出。毛主席曾经对他说："你要接触接触社会。"金先生已经八十岁了，怎么接触社会呢？他就和一个蹬平板三轮车的约好，每天蹬着它到王府井一带转一大圈。我想象金先生坐在平板三轮上东张西望，那情景一定非常有趣。王府井人挤人，熙熙攘攘，谁也不会知道这位东张西望的老人是一位一肚子学问，为人天真、热爱生活的大哲学家。

金先生治学精深，而著作不多。除了一本大学丛书里的《逻辑》，我所知道的，还有一本《论道》。其余还有什么，我不清楚，须问王浩。

我对金先生所知甚少。希望熟知金先生的人把金先生好好写一写。

联大的许多教授都应该有人好好地写一写。

一九八七年二月二十三日
载一九八七年第五期《读书》

闻一多先生上课

闻先生性格强烈坚毅。日寇南侵，清华、北大、南开合成临时大学，在长沙少驻，后改为西南联合大学，将往云南。一部分师生组成步行团，闻先生参加步行，万里长征，他把胡子留了起来，声言：抗战不胜，誓不剃须。他的胡子只有下巴上有，是所谓"山羊胡子"，而上髭浓黑，近似一字。他的嘴唇稍薄微扁，目光灼灼。有一张闻先生的木刻像，回头侧身，口衔烟斗，用炽热而又严冷的目光审视着现实，很能表达闻先生的内心世界。

联大到云南后，先在蒙自待了一年。闻先生还在专心治学，把自己整天关在图书馆里。图书馆在楼上。那时不少教授爱起斋名，如朱自清先生的斋名叫"贤于博弈斋"，魏建功先生的书斋叫"学无不愔"，有一位教授戏赠闻先生一个斋主的名称："何妨一下楼主人"。因为闻先生总不下楼。

西南联大校舍安排停当，学校即迁至昆明。

我在读西南联大时,闻先生先后开过三门课:楚辞、唐诗、古代神话。

楚辞班人不多。闻先生点燃烟斗,我们能抽烟的也点着了烟(闻先生的课可以抽烟的),闻先生打开笔记,开讲:"痛饮酒,熟读《离骚》,乃可以为名士。"闻先生的笔记本很大,长一尺有半,宽近一尺,是写在特制的毛边纸稿纸上的。字是正楷,字体略长,一笔不苟。他写字有一特点,是爱用秃笔。别人用过的废笔,他都收集起来,秃笔写篆楷蝇头小字,真是一个功夫。我跟闻先生读一年楚辞,真读懂的只有两句"嫋嫋兮秋风,洞庭波兮木叶下"。也许还可加上几句:"成礼兮会鼓,传葩兮代舞,春兰兮秋菊,长毋绝兮终古。"

闻先生教古代神话,非常"叫座"。不单是中文系的、文学院的学生来听讲,连理学院、工学院的同学也来听。工学院在拓东路,文学院在大西门,听一堂课得穿过整整一座昆明城。闻先生讲课"图文并茂"。他用整张的毛边纸墨画出伏羲、女娲的各种画像,用按钉钉在黑板上,口讲指画,有声有色,条理严密,文采斐然,高低抑扬,引人入胜。闻先生是一个好演员。伏羲女娲,本来是相当枯燥的课题,但听闻先生讲课让人感到一种美,思想的美,逻辑的美,才华的美。听这样的课,穿一座城,也值得。

能够像闻先生那样讲唐诗的,并世无第二人。他也讲初唐四杰、大历十才子、《河岳英灵集》，但是讲得最多，也讲得最好的，是晚唐。他把晚唐诗和后期印象派的画联系起来。讲李贺，同时讲到印象派里的pointlism（点画派），说点画看起来只是不同颜色的点，这些点似乎不相连属，但凝视之，则可感觉到点与点之间的内在联系。这样讲唐诗，必须本人既是诗人，也是画家，有谁能办到？闻先生讲唐诗的妙悟，应该记录下来。我是个大大咧咧的人，上课从不记笔记。听说比我高一班的同学郑临川记录了，而且整理成一本《闻一多论唐诗》，出版了，这是大好事。

　　我颇具歪才，善能胡诌，闻先生很欣赏我。我曾替一个比我低一班的同学代笔写了一篇关于李贺的读书报告，——西南联大一般课程都不考试，只于学期终了时交一篇读书报告即可给学分。闻先生看了这篇读书报告后，对那位同学说："你的报告写得很好，比汪曾祺写得还好！"其实我写李贺，只写了一点：别人的诗都是画在白底子上的画，李贺的诗是画在黑底子上的画，故颜色特别浓烈。这也是西南联大许多教授对学生鉴别的标准：不怕新，不怕怪，而不尚平庸，不喜欢人云亦云，只抄书，无创见。

一九九七年三月十二日
载一九九七年五月三十日《南方周末》

文化的异国

我年轻时就很喜欢桑德堡的诗,特别是那首《雾》。我去参观桑德堡的故居,在果园里发现两棵凤仙花,我很兴奋,觉得很亲切,问陪同我们参观的一位女士:"这是什么花?"她说:"不知道。"在中国到处都有的花,美国人竟然不认识。

美国也有菊花,我所见的只有两种,紫红色的和黄色的,都是短瓣,头状花序。没有卷瓣的、管瓣的、长瓣的、抱成一个圆球的。当然更不会有"懒梳妆""十丈珠帘""晓色""墨菊"……这样许多名目。美国的插花以多为胜,一大把,插在一个广口玻璃瓶里,不像中国讲究花、叶、枝、梗,倾侧取势,互相掩映。

美国也有荷花,但美国人似乎并不很欣赏。他们没有读过周敦颐的《爱莲说》,不懂得什么"香远益清""出淤泥而不染"。

美国似乎没有梅花。有一个诗人翻译中国诗,把梅花译成了杏花。美国人不了解中国人为什么那样喜爱梅花。他们不懂得"疏影横斜水清浅，暗香浮动月黄昏"。不懂得这样的意境，不懂得中国人欣赏花，是欣赏花的高洁，欣赏在花之中所寄寓的人格的美。

中国和西方的审美观念是有很大的不同的。

比较起来，中国对西方的了解比西方对中国的了解要多一些。

我在芝加哥参观美术馆，正赶上专题绘画展览，我看了莫奈、梵高、毕加索的原作，很为惊异，我自信我对莫奈、梵高、毕加索是能看懂的，会欣赏的。

我看了亨利·摩尔的雕塑，不觉得和我有不可逾越的距离。

但是西方对中国艺术却是相当陌生的。

中国"昭陵六骏"的"拳毛䯄""飒露紫"都在美国的费城大学博物馆，我曾特意去看过，真了不起！可是除我之外，没有别人驻足赞叹。

波士顿博物馆陈列着两幅中国名画，关仝的《关山行旅图》和传宋徽宗摹张萱《捣练图》。《关山行旅图》气势雄伟，《捣练图》线条劲细，彩墨如新，堪称中国的国宝。但是美国参观的人似乎不屑一顾。

要一般外国人学会欣赏中国的书法，真是太难了，让他们体会王羲之和王献之有什么不同，那是绝对办不到的。

文学上也如此。

中国人对美国的作家，从惠特曼、霍桑、马克·吐温，到斯坦倍克、海明威……都是相当熟悉的。尤其是海明威。不少中国作家是受了海明威的影响的，包括我。但是美国人知道几个中国作家？有多少人知道鲁迅、沈从文？这公平么？

是不是中国作家水平低，不见得吧？拿沈从文来说，他的作品比日本川端康成总还要高一些吧！但是川端康成得了诺贝尔奖，沈从文却一直未获提名通过。这公平么？

中国文学没有在世界范围内得到公平的评价，一方面是因为缺乏了解，另一方面，不能不说，全世界的文学界对中国文学存在着偏见。有人甚至说"中国无文学"，这不仅是狂妄，而且是无知！

我在国外时间极短，与一般华人接触甚少，不能了解他们的心态。与在国外的文化、文学工作者也少交谈。但我可以体会，在不公平的、存偏见的环境中，华人作家、艺术家，他们的心情是寂寞的，而且充满了无可申说的愤懑。

谁教咱们是中国人呢！

一九九一年五月

载一九九二年第六期《作家》

汪曾祺（1920—1997）

中国当代作家、散文家、戏剧家，京派作家代表人物。师从沈从文先生，被誉为"抒情的人道主义者"。贾平凹称他为"文狐"。他的文字饱含急躁和热烈归于平静之后的淡雅和隽美，给人静穆的幸福感。

图书在版编目（CIP）数据

一定要，爱着点什么/汪曾祺著.–南昌：百花洲文艺出版社，2017.5（2022.2 重印）
ISBN 978-7-5500-2218-8

Ⅰ.①一… Ⅱ.①汪… Ⅲ.①散文集–中国–当代 Ⅳ.①I267

中国版本图书馆 CIP 数据核字（2017）第 093716 号

一定要，爱着点什么
YIDING YAO AI ZHE DIAN SHENME

汪曾祺 著

责任编辑	安姗姗
监　　制	黄　利　万　夏
特约编辑	曹莉丽　鞠媛媛
营销支持	曹莉丽
封面设计	紫图图书ZITO®
出版发行	百花洲文艺出版社
社　　址	南昌市红谷滩世贸路 898 号博能中心 1 期 A 座 20 楼
邮　　编	330038
经　　销	全国新华书店
印　　刷	艺堂印刷（天津）有限公司
开　　本	880mm×1230mm　1/32
印　　张	10
版　　次	2017 年 5 月第 1 版
印　　次	2022 年 2 月第 10 次印刷
字　　数	200 千字
书　　号	ISBN 978-7-5500-2218-8
定　　价	58.00 元

赣版权登字 05-2017-153
版权所有，盗版必究
发行电话 010-84798009
网　　址 http://www.bhzwy.com
图书若有印装错误，影响阅读，可向承印厂联系调换。